그들의 문학과 생애

한국문학평론가협회 | 한길사 공동기획

그들의 문학과 생애

정지용

최동호 지음

한길사

그들의 문학과 생애
정지용

지은이 · 최동호
펴낸이 · 김언호
펴낸곳 · (주)도서출판 한길사

등록 · 1976년 12월 24일 제74호
주소 · 413-756 경기도 파주시 교하읍 문발리 520-11
　　　www.hangilsa.co.kr
　　　E-mail: hangilsa@hangilsa.co.kr

전화 · 031-955-2000~3　　팩스 · 031-955-2005

상무이사 · 박관순 | 영업이사 · 곽명호
편집 · 박희진 박계영 안민재 이경애 | 전산 · 한향림 | 저작권 · 문준심
마케팅 및 제작 · 이경호 | 관리 · 이중환 문주상 장비연 김선회

출력 · 지에스테크 | 인쇄 · 현문인쇄 | 제본 · 성문제책

제1판 제1쇄 2008년 1월 31일

값 15,000원
ISBN 978-89-356-5984-5 04810
ISBN 978-89-356-5989-0 (전14권)

• 잘못 만들어진 책은 구입하신 서점에서 바꿔드립니다.

• 이 도서의 국립중앙도서관 출판시도서목록(CIP)은
e-CIP 홈페이지(http://www.nl.go.kr/cip.php)에서 이용하실 수 있습니다.
(CIP제어번호: CIP2008000230)

우리는 시를 살로 색이고 피로 쓰듯 쓰고야 만다. 우리의 시는 우리 살과 피의 매침이다. 그럼으로 우리의 시는 시나는 거름에 슬적 읽어치워지기를 바라지 못하고, 우리의 시는 열 번 스무 번 되씹어 읽고 외여지기를 바랄 뿐, 가슴에 늣김이 이러나야만 한다. 한말로 우리의 시는 외여지기를 구한다. 이것이 오즉 하나 우리의 오만한 선언이다.

정지용, 「후기」, 『시문학』 창간호

머리말

　지난 20여 년간 필자는 여러 편의 논문을 통해 정지용 시를 해석하고 평가하는 데 많은 공을 들여왔다. 그런데 작품을 해석하는 것이 아니라 평전을 쓰려고 하니 늘 대하던 작품과 한 인간으로서 개인의 삶 사이의 간극을 어떻게 유기적으로 연관시키느냐 하는 문제가 새롭게 부각되었다.

　그저 연대기 순으로 시인의 생애를 따라가며 기술하는 태도는 평면적이고 건조한 평전이 되기 쉽다고 판단하여 필자가 택한 것은 '생애와 작품을 교직하는 서술방법'이다. 일견 이러한 서술 방법은 그다지 새로운 발견이 아닌 것처럼 보일지 모른다. 그러나 필자가 택한 서술방법은 생애와 작품 사이의 간극에 내재해 있는 긴장과 균형을 교차시킴으로써 양자 사이의 유기적 연관성을 드러낼 수 있는 효과적인 방법이 될 것이다.

기존의 평전과 다른 이 책의 특징은 다음 세 가지로 정리될 것이다.

첫째, 작품을 바탕으로 생애를 재구성한 유기적 서술이다. 작품에 대한 해설만으로 가득 채워지거나 삶의 파편적 일화들로 구성된 평전은 바람직하지 못하다는 것이 필자의 기본적인 판단이다. 작품과 삶에 대한 긴장과 균형의 시각이 필요한 것은 바로 그러한 이유 때문이다.

둘째, 정지용의 문학적·인간적 상관성을 심도 있게 논의하기 위해 시문학파의 정신적 유대를 파헤쳐보았다는 점일 것이다. 정지용은 홀로 존재하는 시인이 아니다. 이미 1930년대에 정지용의 문학적 성과가 남다르게 평가된 것은 일차적으로 박용철·김영랑을 중심으로 한 시문학파의 등장이 문학사적 의미를 가지고 있었기 때문이며, 지용의 문학은 그들과의 문학적·인간적 유대 속에 형성된 것이기도 하다는 것이다.

셋째, 그동안 공백으로 처리되어왔던 1945년 광복 이후 지용시에 대한 논의와 평가에서 한 걸음 더 나아갔다는 점이다. 광복 이후 지용의 인간적 선택이나 시 작품에 대한 이순욱·박태일·이석우 등의 최근의 자료 발굴과 연구 성과를 바탕으로 필자가 논지를 전개할 수 있었던 것은 지용 연구의 빈 공백을 채울 수 있었다는 점에서 특별한 의미를 부여할 수 있는 부분일 것이다.

이 책은 초기 김학동 교수의 선구적 업적은 물론 그동안 학계에 축적된 여러 학문적 성과에 힘입고 있다. 세세한 눈길로 일일이 주로 밝히지 못한 점을 아쉽게 여기면서 이 자리를 빌려 깊이 감사드린다.

『정지용 사전』(2003)에 이어 정지용 평전을 출간하게 되니 지용과 필자와의 끊을 수 없는 학문적 인연을 돌이켜보게 된다.

이 책이 지용시를 사랑하는 많은 분들에게 조금이라도 유익한 자료가 되기를 바라는 마음 간절하다.

2007년 11월
최동호

정지용

생애와 작품을 교직하는 서술방법

우리는 1902년에 탄생한 한국현대시의 아버지 정지용의 탄생 100주년을 2002년에 기념한 바 있다. 정지용의 생애는 20세기 한국의 역사가 그러했던 것처럼 파란만장한 것이었다. 20세기 전반기의 식민지시대를 살아야 했고, 해방 후 좌우익의 소용돌이가 스쳐간 다음 민족분단을 경험해야 했으며 1950년에 발발한 6·25 한국전쟁 당시 납북되어야 하는 비극적인 삶을 살았던 시인이 정지용이다. 이로 인해 정지용의 시는 1950년 납북 후 남과 북 어느 쪽에서도 일반인에게 공개적으로 읽히지 않았다. 그의 작품에 대한 해금조치가 남측 정부에 의해 공식적으로 취해진 것은 1988년이었다.

그러므로 정지용의 작품이 일반인들에게 공개적으로 읽히고 연구된 것은 최근 20년 안팎인 셈이다. 민족분단 이후 38년 동안 망각의 저편에 던져져 있던 것이 지용의 시이다. 이 책은 필자가 지난 2002년 정지용 탄생 100주년을 계기로 기획 집필을 시작했으나, 마무리 짓지 못한 채 오늘에 이르러서야 그동안의 작업에 기초해 그 전체성을 염두에 두고 완성한 지용 평전이다. 지난 시기에는 여러 가지 고증자료의 준비가 미비한데다 지용의 전모를 구현한다는 의도를 실현하는 데도 미진한 점이 있어 보류해왔던 것을 필자는 그동안의 작업에 새 자료를 보충해 조금이나마 진전된 지용 연구로서 이 책을 선보이게 되었다. 우리 학계가 활발하게 축적해온 새로운 연구 업적들을 반영한 지용 평전으로, 단순히 전기적 사실의 나열을 위해서 씌어진 것은 아니다. 어디까지나 작품과의 상관성 속에서 정지용의 생애를 재구성해보는 것이 이 책의 목적이다. 물론 작품이 생애 그 자체를 사실대로 드러내는 것은 아니다. 시인·작가의 삶은 여러 가지 형태로 굴절 변형되어 작품에 나타난다. 그럼에도 불구하고 작품을 통하지 않고는 그 삶의 실체를 포착할 수 없다는 것이 또한 시인론·작가론 연구의 어쩔 수 없는 난점이기도 하다. 지금까지 알려진 시인의 전기적 사실과 작품을 비교 검토해 이 양자를 교직하는 방법으로 그 난관을 통과해나가지 않는다면, 우리는 정지용의 생애를 제대로 알 수 없을 뿐만 아니라 그의 시에 대해서도 올바른 이해에 도달하기 어려울 것이다.

한 天才의 생활의 습성에서 그의 藝術을 그대로 연역하려는 努力은, 마치 아버지를 보고 그 아들을 그리려는 것과 같은 喜悲劇을 演出하는 수가 없지 않으나, 藝術은 언제나 生活의 아들이기 때문에, 한 天才의 生活의 習性을 알 때 그의 藝術을 理解하는 데 도움은 될지언정 妨害는 되지 않는다는 것만은 부인할 수 없는 事實이다. 이에 나는 詩人 鄭芝溶을 말하기 전에, 人間 鄭芝溶을 이야기함도 부질없는 일은 아닐 줄 안다.

그는 그의 속에, 어른과 어린애가 함께 살고 잇는 어른 아닌 어른, 어린애 아닌 어린애다. 어른처럼 분별 있고 沈重한가 하면 어린애처럼 천진하고 개개바르다. 콧수염이 아무리 威嚴을 갖추려도 마음이 달랑거린다. 때로 어린애처럼 感情의 아들이 되나, 어른처럼 제 마음을 달랠 줄 안다.[1]

문학작품이 시인이나 작가에 의해 씌어진 것임에도 불구하고, 그 작품을 쓴 인간과 작품을 동일시하기는 어렵다. 뛰어난 시인일수록 더욱 그러하다. 인간을 통해서 작품에 도달하거나 작품을 통해서 인간에 도달하려 할 때 우리는 그 어느 쪽이든 많은 우여곡절을 겪지 않을 수 없는 것이다. 이 양자는 동일시될 수 없는 것이기는 하지만 또한 완전히 분리된 것이라 할 수도 없기 때문이다. 작품과 인간을 교직하듯 맞

물려 겹쳐보았을 때 우리는 그 양면을 보다 잘 이해할 수 있게 될 것이다. 작품의 전면에 드러나지 않는 인간을 찾아내고 인간적 삶에서 잘 드러나지 않는 문학적 특성을 찾아내는 것이 문학 연구자가 해야 할 일일 것이다. 그런 관점에서 이 책의 서술은 다음 세 가지 관점에서 전개될 것이다.

첫째, 이 책은 작품 해석에 주력하기보다는 작품에 드러나는 인간적 사실을 추적·탐색하는 데 주력해, 이 사실적 근거를 바탕으로 작품 해석의 실마리를 찾아내는 방식으로 전개될 것이다. 시적 변용의 과정은 창작 과정에서 피할 수 없는 일이지만 인간적 삶을 바탕으로 하지 않는다면 어떤 문학작품도 그 진의가 제대로 파악되기 어려울 것이며, 문학작품에서 실마리를 찾지 못한다면 인간적 삶에 대한 탐구도 사실이나 자료의 나열에 그치기 쉽다. 지난 10여 년 동안 자료 추적 작업을 통해 필자가 간행한 『정지용 사전』[2]에는 다양한 여러 자료들이 수록되어 있다. 이 사전에서 새로 밝혀낸 자료들을 적절히 활용해 작품 해석에 응용한다면 종전의 정지용 연구 업적에서 한 걸음 더 나아갈 수 있는 길이 열릴 것이라 믿는다.

둘째, 정지용과 같이 문단활동을 했던 박용철과 김영랑 등과의 비교 검토를 통해 정지용의 문학과 인간적 삶을 부각시켜볼 것이다. 지금까지 정지용을 다룰 때 너무 정지용만을 중심으로 다룬 까닭에 역설적으로 정지용에 대해 객관적인 거리를 확보하기가 힘들었다는 것이 필자의 관점이다. 위의 세 사람은 누구보다 가까운 거리에서 서로가 서로에게 깊은 영향을 주고받았을 것이다. 정지용은 천재적인 시인으로 평가받았지만 그 홀로 존재한 시인은 아니었다. 끊임없이 동시대인들과 함께, 그리고 문단을 주도한 시문학파와 더불어 자신의 문학적 역량을 펼쳐나갔다고 할 것이다. 결과적으로 박용철·김영랑과의 교류를 이해할 때 인간 정지용과 그의 시도 보다 생동감 넘치는 모습으로 다가올 수 있을 것이다.

셋째, 사회적 변동과 세계사적 변동 속에서 정지용의 문학적 추이를 파악해보고자 한다. 그동안 너무 문학에 국한시켜 평전을 다룬 까닭에 마치 사회와는 동떨어진 존재로 문인들을 다루는 경우가 많았다. 또는 이와 정반대로 사회운동을 중심으로 문학을 평가해 문학을 이에 종속시켜 판단하는 경우도 있었다. 카프 계열의 프로 문학이 그 대표적인 예이다. 정지용의 경우는 카프 문학과 정반대의 입장을 취했었다는 점을 결코 간과해선 안 된다. 중요한 사실은 정지용이 카프 문학에 대한 대타적 자각 위에서 반대 입장을 취했을 것이라는 점이다. 문학을 문학으로 다루어야 하는 것은 일차적인 명제이지만, 그렇다고 하더라도 당대 사회의 현실과 세계사적 조류에 대한 인식을 전제하지 않고서는 어떤 순수시도 씌어질 수 없다는 사실 또한 소홀히 할 수 없을 것이다. 특히 정지용이 활발히 활동하던 시기가 일제에 의한 식민지시대였으며 두 번의 세계대전과 동족상잔의 비극적 전쟁인 6·25 한국전쟁을 겪어야 했던 까닭에 역사적이며 사회적인 움직임을 제외하고는 정지용의 문학과 인간을 제대로 파악할 수 없다는 것이다.

이와 같은 점들을 전제하고 정지용의 생애와 작품을 고찰하기 위해 그동안의 여러 연구 업적을 종합적으로 검토한 결과 필자는 우선 그의 생애를 다음과 같이 다섯 가지 단계로 설정해보고자 한다.

- 출생과 문학적 요람기(1902~23)
- 문학적 성장과 시적 독자성 확립(1923~35)
- 시적 위상의 확립과 시세계의 심화(1935~45)
- 분단시대와 인간적 시련(1945~50)
- 문학적 복권과 새로운 평가(1988~2006)

20세기 백 년을 지용의 생애와 문학이라는 시각에서 조감한 이 다섯 단계의 시기 구분은 역사의 거센 소용돌이에 휘말리지 않을 수 없었던 한 시인의 생애와 시대사적 흐름을 반영해 설정한 것이다. 정지용의 생애는 제4단계에서 끝난다. 그러나 제5단계를 설정한 것은, 제4단계와 제5단계 사이에 가로놓인 또 하나의 38년간이라는 공백이 정지용의 문학적 소통 단절에 대한 역사적 고통이 담긴 암흑기라는 점에서 중요한 의미가 있는 시기라고 판단했기 때문이다.

문학사적으로 특별한 괄호를 요하는 판금시대라는 점에서 우리는 이 시기를 눈여겨보아야 한다. 납·월북문인에 대한 판금시기는 역사적으로는 남북분단의 시대이기도 하다. 분단과 통일 사이에는 쉽게 뛰어넘을 수 없는 역사적 공백과 아픔이 담겨 있다. 정지용이야말로 이런 해방과 분단의 시대를 가장 고통스럽게 살아야 했던 대표적인 시인이었다. 이런 역사적인 비극에도 불구하고 1988년의 해금은 정지용 시에 새로운 빛과 생명을 불어넣음으로써, 정지용 문학의 재탄생을 예고한 문학사적 사건이라 할 수 있다. 이는 그동안의 시련을 넘어온 우리 현대시사의 행복이자 정지용 개인에게도 영광된 문학적 복권일 것이다.

출생과 문학적 요람기

─1902년부터 1923년까지

정지용의 문학적 요람기는 1902년의 출생에서 휘문고보를 졸업한 1923년까지이다. 지용은 1902년 6월 20일(음력 5월 15일) 충북 옥천군 옥천면 하계리 40번지에서 부 연일 정씨(延日鄭氏) 태국(泰國)과 모 하동 정씨(河東鄭氏) 미하(美河) 사이에서 장남으로 태어났다. 원적 역시 같은 주소인 충북 옥천군 옥천면 하계리 40번지(당시 주소는 옥천군 내면 상계전 7통 4호)이다. 부친 태국은 한약상을 경영해 생계를 유지하였는데 어느 해 여름에 갑자기 밀어닥친 홍수 피해로 집과 재산을 모두 잃고 경제적으로 극심한 어려움에 처하게 되었다. 형제로는 지용과 어머니가 다른 이복동생 화용(華溶)과 계용(桂溶)이 있었는데, 화용은 요절했고 계용만이 충남 논산에서 살고 있다가 최근 사망했다. 자녀는 구관(求寬)(1928), 구익(求翼)(1931), 구인(求寅)(1931), 구원(求

園)(1934), 구상(求翔) 등 5명을 두었고, 장남은 2002년 타계했으며 현재는 장녀만 서울에 생존해 있다.

정지용은 태몽과 관련된 '지용'(池龍)이란 아명이 있었는데, 이 발음을 따서 본명을 '芝溶'이라 지었다 한다. 필명은 '지용'이며, 창씨명은 '대궁수'(大弓修), 천주교 세례명은 '방지거'(方濟各, '프란시스코'의 중국식 발음)이다. 휘문중학교 재직시 학생들 사이에서 '신경통'(神經痛)과 '정종'(正宗) 등의 별명으로 불렸다고 한다. 모윤숙과 최정희 등의 여류 문인들이 그를 '닷또상'(소형 자동차)이라 부르기도 했다. 그리고 자타가 공인한바, '수염 난 갓난이'[3]라고 불리기도 했다.

1910년 4월 6일 정지용은 충북 옥천공립보통학교(현재 죽향초등학교)에 입학했다. 학교 소재지는 옥천 구읍이며, 생가에서 5분 거리에 있다.

1912년 보통학교 재학 중이던 12세 때 지용은 충북 영동군 심천면 초강리에 사는 은진 송씨(恩津宋氏) 명헌의 딸 재숙(在淑)과 결혼했다. 부인은 1902년 1월 21일생이고, 체구는 가늘고 키는 지용보다 컸다. 온순한 성격이며 화초 돌보기를 취미로 하였으며, 1971년 3월 20일 노환으로 역촌동 장남 구관의 집에서 별세하였다. 묘지는 신세계공원묘지에 있다. 지용은 결혼 후 1914년 3월 23일 4년제 옥천공립보통학교를 제4회로 졸업했다. 1915년 집을 떠나 처가의 친척인 서울 송지헌의 집에 기숙하며 여러 가지 일을 했다. 1918년 휘문고보에 진학하기 전까지 4년간 집에서 한문을 수학한 것으로 되어 있으나 누구에게 어떻게 배웠는지는 확실하지 않다. 이 시기의 한문 수학은 정규적인 것이라기보다는 한학에 소양이 있는 집안어른이나 주변사람들에게 비정규적 가학으로 배웠을 것이라 추정된다. 그럼에도 이 시기의 한학 수업은 그의 후기시에 나타나는 고담한 동양적 세계의 탐구에 하나의 원천이 되었을 것이다. 지용이 14세에 고향을 떠나 서울로 유학 갔던 일은 시「녯니약이 구절」에 다음과 같이 나타나 있다.

집 써나가 배운 노래를
집 차저 오는 밤
논ㅅ둑 길에서 불럿노라.

나가서도 고달피고
돌아와 서도 고달펏노라.
열네살부터 나가서 고달펏노라.

나가서 어더온 니약이를

닭이 울도락,
아버지께 닐으노니—

기름ㅅ불은 깜박이며 듯고,
어머니는 눈에 눈물을 고이신대로 듯고
니치대든 어린 누이 안긴데로 잠들며 듯고
우ㅅ방 문설쑤에는 그사람이 서서 듯고,

큰 독 안에 실닌 슬픈 물 가치
속살대는 이 시고을 밤은
차저 온 동네ㅅ사람들 처럼 도라서서 듯고,

—그러나 이것이 모도 다
그 녜전부터 엇던 시연찬은 사람들이
싯닛지 못하고 그대로 간 니야기어니

이 집 문ㅅ고리나, 집웅이나,
늙으신 아버지의 착하디 착한 수염이나,
활처럼 휘여다 부친 밤한울이나,

이것이 모도다

그 녜전 부터 전하는 니야기 구절 일러라.

• 「녯니약이 구절」⁴⁾ 전문

  고향에서 보통학교를 졸업한 가난한 14세의 소년 지용은 가정적 어려움에도 불구하고 향학열을 억누르지 못하고 서울로 상경했다. 처가의 친척집이라고 하지만 그에게 쉽게 공부할 기회가 주어진 것은 아니었다. 3년여의 세월을 집안에서 잔심부름을 하면서 틈틈이 식객들에게 한문을 배우며 소년기를 보내고 있었다. 그러던 중 지용은 마침내 1918년 휘문고보에 입학하게 되었다. 위의 시 「녯니약이 구절」은 이렇게 고단한 그의 사연을 담은 작품이라 여겨진다. 아버지에게 서울에서 보고들은 것을 이야기하는 밤 어머니는 눈물 고인 눈으로 듣고, 웃방 문설주에서는 아내가 듣고 동네사람들도 찾아와서 신기한 바깥세상 이야기를 듣는, 이 시적 서술 속의 시골 풍경은 우리에게 가족적이며 화목한 인간애가 느껴지는 1910년대 농가마을을 떠올리게 한다. 휘문학교 입학 후 고향에 돌아왔을 때의 감회를 담은 이 시는 훗날 씌어진 「향수」의 근원이 되는 작품이라고도 하겠는데, 설화적 이야기체의 서술과 비유적 이미지들이 만만치 않은 지용의 솜씨를 엿보게 하는 좋은 예라고 하겠다.

  정지용의 어린 시절을 엿볼 수 있는 또 하나의 기록 자료는「대단치 않은 이야기」라는 수필에서 찾아볼 수 있다.

　　어린이에 대한 글을 쓰라고 하시니 갑자기 나는 소년쩍 고독하고 슬프고 원통한 기억이 진저리가 나도록 싫어진다. 다시 예전 소년시절로 돌아가는 수가 있다면 나는 지금 이대로 늙어가는 것이 차라리 좋지 예전 나의 소년은 싫다. 조선에서 누가 소년시절을 행복스럽게 지냈는지 몰라도 나는 소년쩍 지난 일을 생각하기도 싫다.

　　인생에 진실로 기쁨이 있다면 그것은 어린 시절뿐이요 어린이들의 기쁨이란 순수하게 기쁜 것이다.[5]

　어린 시절에 대한 그의 회고를 통해 볼 때 지용의 유년기는 유복한 편은 아니었던 것 같다. 이렇게 경제적으로 어려운 상황에서 진학을 한다는 것은 매우 어려운 일이었을 것이다. 그러나 이러한 역경을 뚫고 상급학교에 진학한 것은 소년 지용이 가슴에 품고 있던 남다른 향학열 때문이었을 것이다.

　1918년 4월 2일 지용은 사립 휘문고보에 입학했다. 이것은 그가 겪어야 했던 여러 가지 어려움을 이겨내고 학업을 계속하려는 그의 의지를 보여준 것이라고 할 수 있다. 그리고 이러한 선택은 그의 일생에서 매우 결정적인 계기를 마련해주었다고 할 것이다. 그때 지용의 서울 주거지는 '경성 창신동 143번지 유필영씨 방'이다. 친지의 도움으로 이 집에 기숙하는 고학생 신분이었을 것으로 여겨진다.

휘문고보 재학 당시 문우로는 3년 선배인 홍사용과 2년 선배인 박종화, 1년 선배인 김영랑, 동급생인 이선근·박제찬, 1년 후배인 이태준, 2년 후배 무용가 조택원 등이 있다. 학교 성적은 매우 우수했으며 1학년 때는 88명 중 수석이었다. 집안이 넉넉하지 못해 학업을 중단해야 하는 상황이었으나 담임선생님의 추천에 의해 교비생으로 학교에 다녔다. 이 무렵부터 지용은 문학적 소질을 발휘하기 시작해 주변사람으로부터 칭찬을 받았다. 이 시기에 박팔양 등 8명이 모여 요람동인(搖籃同人)을 결성하였다.[6] 그러나 아직 그 가운데 한 권도 발견되지 않아 그 정확한 내용은 알 수가 없다. 정지용과 박제찬이 일본 교토(京都)에 있는 도시샤대학(同志社大學)에 진학한 뒤에도 동인들 사이에는 원고를 서로 돌려가면서 보았다고 한다.

1919년 휘문고보 2학년 때 3·1운동이 일어나 그 후유증으로 가을까지 학교 수업을 받지 못했다. 그의 학적부에는 3학기 성적만 나와 있고, 1·2학기는 공란으로 처리되어 있다. 이 무렵 휘문고보 학내 문제로 야기된 휘문사태의 주동이 되었던 전경석은 제적당하고 이선근과 정지용은 무기정학을 받았다. 그러나 교우들과 교직원들의 중재역할로 휘문사태가 수습되면서 곧바로 복학되었다.

1919년 12월 지용은 『曙光』 창간호에 소설 「三人」을 발표했는데, 이것이 오늘까지 전해지고 있는 그의 첫 발표작이다.

이 소설은 서울에서 유학하고 있는 고보 3학년생 趙 · 李 · 崔 세 사람이 옥천으로 귀향하는 이야기로 되어 있다. 여기서 주인공이라 할 수 있는 趙의 아버지는 첩을 두고 처자는 돌보지 않는 인물로, 어머니는 힘겹게 고생하며 아들을 유학시키고 있는 인물로 묘사되어 있다.

趙는 도모지 잘수업다 『아아 —엇지할가? 이몸이 十五歲 되도록 어머님 사랑속에 온전히자라 世上辛酸을 모른 이 몸이 안인가? 오! 오! 어머님 사랑ᄒ시는 어머님! 어머님으로서 前에업던 悲悵ᄒ 말삼을 ᄒ실적에는 집안形便이 엇더ᄒ가 어머님 마음이 엇더ᄒ실가! 아아 인제는 물겁홈이 되얏고나 3年동안 京城留學도…… 다만 어머님 苦生으로 어머님으로 엇은 學資金도 인제는 날道理가 업구나 어머님이 붓치신 郵便爲替에 一金○圓이라고 쓴 것을 나는 손에 들때 깁부냐…… 안이안이 그것이 어머님의쌈 피 이엿든 것이다. 아! 저무서운 얼골이 뵈이는구나 저터主人의 險狀이…… 눈을 부르쓰고 소리를 지르는구나!

趙의 父親은 浮浪흐편에 갓가운 사람이라 數年前에 엇던
女子를 으더 짠살님을 經營흐야 그날의滋味잇는 生活에 醉
흐야 그의 本妻子눈 돌아보지 안눈 薄情흔 사람이라[7]

아버지는 집안을 돌보지 않고, 터주인은 집을 떼어가라고
하는 절박한 상황에서 주인공 조경호는 경성 유학 3년이 물
거품이 된다고 탄식하고 있다. 사실 그대로의 기록은 아니라
해도 이 소설의 주인공 조경호의 처지는 정지용의 당시 상황
과 상당부분 일치된다고 추정할 수 있다. 그러나 일시적인
어려움이 있었음에도, 정지용이 가정적·경제적 어려움을
딛고 휘문학교를 졸업한 것은 자신이 지닌 남다른 향학열 때
문이었을 것이라는 가정은 그의 성적표로 충분히 증명된다.

휘문학교 2년 후배이자 무용가인 조택원을 회고하는 지용
의 글에 의하면, 휘문학교 5학년 재학 당시 그가 타고르(R.
Tagore)의 시에 미쳐 있었다는 것을 알 수 있다.[8] 타고르는
1913년 동양인 최초로 노벨문학상을 받아 당시 열강의 식민
지하에 있던 많은 약소국의 동양청년들에게 특히 강한 영향
을 미쳤다. 타고르가 당시 조선청년들에게 우상이 되었던 것
은 그가 식민지 피압박 민족으로서 노벨문학상을 받았다는
사실도 한몫했겠지만, 1917년 일본을 방문하였을 때 조선청
년들을 위한 시 「쪼긴 이의 노래」[9]를 최남선이 주재하던 『靑

春』을 위해 써주었기 때문에 더욱 가깝게 느껴졌다고 할 것이다. 영어로 쓴 이 시는 잡지에 역문과 함께 게재되었는데 이미 발표한 시이기는 하지만[10] 당시 청년들에게는 역사적이며 감격적인 사건이었다고 해도 과언이 아닐 것이다. 이때 타고르를 만난 사람은 진순성으로서 그는 와세다대학(早稻田大學) 영문과에 재학 중이었다. 진순성은 원고 청탁을 목적으로 두 차례나 타고르를 만났는데 이는 아마 최남선의 부탁에 의한 것이었으리라 짐작된다. 진순성이 영어로 원고를 청탁한다고 어렵게 말을 꺼내자 타고르는 조선말로 나오는 잡지냐고 묻고 난 다음, 지금은 미국에 가서 행할 강연 원고로 인해 시간이 필요하다고 했다. 진순성은 1917년 7월 11일 정오에 처음 타고르를 만났으며 두 번째 만난 것은 일주일 후라고 되어 있는데, 타고르의 원고가 『청춘』에 실린 것은 1917년 11월이다. 3개월 정도의 시차가 생긴 것은 아마도 타고르가 새 원고를 쓰지 못한 까닭에 늦어진 탓이라 짐작된다. 어떻든 한국에서 타고르의 시가 열성적으로 번역 소개된 것은 1915년부터 1925년까지라고 할 수 있는데 대체로 노벨상 수상 시기로부터 프로 문학 대두 시기까지 타고르는 한국에서 세인의 주목을 한 몸에 받는 대시인으로 추앙되었다. 부분적인 소개에 그치지 않고 본격적으로 작품집이 번역되었는데 김억에 의해 타고르의 『기탄잘리』[11], 『園丁』[12],

『新月』[13] 등의 시집들이 연속적으로 간행된 것[14]도 이러한 사회적 관심을 배경으로 하고 있었던 것이다. 지용의 타고르에 대한 경도는 이러한 문단적 사실을 염두에 둘 때 자연스러운 일이라고 하겠다. 특히 지용의 휘문학교 3년 선배인 홍사용이 지용에게 타고르 시집을 사주고 시 창작에 눈뜨게 했다는 증언은 눈여겨볼 대목이다.[15]

그런데 흥미로운 것은 타고르의 시로부터 직접적이며 구체적으로 영향을 받은 것은 지용이 아니라 한용운이라는 사실이다. 3·1운동 당시 민족대표로 참가한 그 또한 1918년 불교종합잡지『唯心』을 간행할 때 타고르에 대한 기획 연재를 시도한 바 있다. 그리고 3·1운동으로 인해 투옥되었다가 1922년 3월 출소 후 민족의 진로를 고심하던 중『님의 침묵』(1926)을 집필하려고 구상하고 있을 때 마침 간행된 타고르의 번역시집『원정』(1924)을 읽고 이에 깊은 감명을 받았을 뿐만 아니라 이에 대한 비판적인 시를 쓰기도 했다.[16]

지용이 휘문학교 5학년 재학 중이던 1922년은 한국에서 한창 타고르의 붐이 일던 시기였으며, 이런 점에서 타고르의 시에 지용이 깊이 빠져 그를 모방하는 습작시를 썼던 것은 자연스러운 일이었을 것이다. 그러나 시인으로서 지용이 자신의 시적 천분을 일차적으로 서구적 감각을 가미한 모더니스트로서 드러냈다는 점에 주목할 필요가 있다.[17] 타고르의 시가 지닌 불교적이며 동양적인 사유는 오히려 한용운에 영향을 미쳤을 뿐만 아니라 그를 통해서 성공적인 시적 성취를 이루었으며, 지용은 그와 다른 지용 나름의 길을 가야 했던 것이라고 말할 수 있다. 물론 가톨릭 신앙을 가지고 있던 지용이 후기에 정신주의적 지향의 시를 썼다는 것은, 초기에 그가 지향하던 사상적 측면이 그 나름의 변형을 거쳐 나타난 것이라고 할 수도 있다.

1922년 3월 지용은 4년제 휘문고보를 졸업하였다. 이해에 학제개편으로 고등보통학교의 수업 연한이 5년제(1922~38)가 되면서, 지용은 다시 5학년으로 진급했다. 졸업반 61명 중 10명이 5년제로 진급하지 않은 것으로 나타난다. 휘문고보 성적표를 살펴보면 제1학년은 88명 중 1등, 제2학년은 62명 중 3등, 제3학년 69명 중 6등, 제4학년 61명 중 4등, 제5학년은 51명 중 8등을 해 우수한 성적을 올렸음을 알 수 있다.

휘문고보 재학생과 졸업생이 함께 하는 문우회에서 지용은 학예부장직을 맡아『徽文』창간호의 편집위원이 되었다. 이 교지는 일본인 교사가 실무를 맡았고, 김도태 선생의 지도 아래 정지용·박제찬·이길풍·김양현·전형필·지창하·이경호·민경식·이규정·한상호·남천국 등이 학예부 부원으로 있었다. 1922년 휘문고보 졸업 무렵인 3월에 지용

은 1920년대 타고르를 숭배하던 시대적 분위기를 반영하여
타고르의 시풍이 엿보이는 「풍랑몽 1」의 초고를 썼다.

당신 께서 오신다니
당신은 어찌나 오시랴십니가.

끝없는 우름 바다를 안으올때
葡萄빛 밤이 밀려 오듯이,
그모양으로 오시랴십니가.

당신 께서 오신다니
당신은 어찌나 오시랴십니가.

물건너 외딴 섬, 銀灰色 巨人이
바람 사나운 날, 덮쳐 오듯이,
그모양으로 오시랴십니가.

당신 께서 오신다니
당신은 어찌나 오시랴십니가.

窓밖에는 참새떼 눈초리 무거웁고

窓안에는 시름겨워 턱을 고일때,
銀고리 같은 새벽달
붓그럼성 스런 낯가림을 벗듯이,
그모양으로 오시랴십니가.

외로운 조름, 風浪에 어리울때
앞 浦口에는 궂은비 자욱히 둘리고
行船배 북이 웁니다, 북이 웁니다.
• 「풍랑몽 1」 전문

　이 작품이 기성지면에 공식적으로 발표된 것은 1927년 7월
『조선지광』이지만, 작품 말미에 '1922. 3월 麻浦 下流 玄石
里'라 기록된 것으로 보아 휘문고보 졸업과 장래 진출문제
등으로 번민과 갈등에 휩싸여 있을 당시에 씌어진 것으로 보
인다. 특히 4년제 고보가 5년제로 바뀜에 따라 장래 진로문
제로 그에게 여러 가지 번민이 뒤따랐을 것이다.
　「풍랑몽 1」은 "당신"을 기다리는 화자의 간절한 마음을 시
화했다는 점에서 님에 대한 기다림과 찬미로 일관된 타고르
의 『원정』이나 『기탄잘리』를 연상시킨다. "당신은 언제나 오
시랴십니가"라 후렴구처럼 반복되는 시행은 그의 대표작 「鄕
愁」를 연상시키는데, 양자 사이에는 상당히 깊은 연관성이

있다는 추정도 가능하다. 「풍랑몽 1」은 휘문학교 졸업반 시절의 작품이고 「향수」는 휘문학교를 졸업하고 고향을 떠나 교토로 유학을 가기 직전에 씌어진 것이란 점에서 양자의 비교는 정지용의 시적 전개에 흥미로운 문제점으로 그 차별성을 제공한다.

정지용은 1923년 3월 휘문고보 5년제를 졸업하고, 한 달 후인 1923년 봄 교토에 있는 도시샤대학 예과에 입학했다. 도시샤대학 성적표에는 5월 3일에 입학한 것으로 표기되어 있는데 이는 출국과 입학 수속 과정에서 늦어진 탓일 것이다. 휘문고보 5학년 학적부에 의하면 당시 지용의 키는 156센티미터, 체중은 45킬로그램으로 적혀 있다.

고향을 떠나 교토로 유학가기 전까지 이 두 달여의 시간적 공백 속에서 그는 자신의 대표작 「향수」의 초고를 쓰게 된다. 정든 고국을 떠나 이국으로 가야 한다는 심적 부담이 그의 내면을 강하게 지배하고 있었을 것이다.

「향수」의 초고를 1923년 3월에 썼다는 사실은 그가 시를 『조선지광』에 발표할 당시 작품 끝에 붙인 '1923. 3'이라는 메모를 통해서 확인된다.

넓은 벌 동쪽 끝으로
옛이야기 지줄대는 실개천이 회돌아 나가고,

얼룩백이 황소가
해설피 금빛 게으른 울음을 우는 곳,

—그 곳이 참하 꿈엔들 잊힐리야.

질화로에 재가 식어지면
뷔인 밭에 밤바람 소리 말을 달리고,
엷은 조름에 겨운 늙으신 아버지가
짚벼개를 돋아 고이시는 곳,

—그 곳이 참하 꿈엔들 잊힐리야.

흙에서 자란 내 마음
파아란 하늘 빛이 그립어
함부로 쏜 화살을 찾으려
풀섶 이슬에 함추름 휘적시든 곳,

—그 곳이 참하 꿈엔들 잊힐리야.

傳說바다에 춤추는 밤물결 같은
검은 귀밑머리 날리는 어린 누의와

아무러치도 않고 여쁠 것도 없는

사철 발벗은 안해가

따가운 해ㅅ살을 등에지고 이삭 줏던 곳,

―그 곳이 참하 꿈엔들 잊힐리야.

하늘에는 석근 별

알수도 없는 모래성으로 발을 옮기고,

서리 까마귀 우지짖고 지나가는 초라한 집웅,

흐릿한 불빛에 돌아 앉어 도란 도란거리는 곳,

―그 곳이 참하 꿈엔들 잊힐리야.

   • 「향수」 전문

「향수」는 처음부터 이러한 형태를 지닌 작품이 아니었을
것이라 보는 단서가 바로 그의 시 「풍랑몽 1」과 창작 연대의
차이를 보여주는 기록에 나타난다. 이 단서들을 근거로 우리
는 지용의 시 「향수」가 초고를 갈고 다듬기를 거듭해 완성본
으로 만들어졌으리라 추정할 수 있다. 오늘날 국민적 애송시
가 된 「향수」는 몇 가지 점에서 특색을 지닌다. 첫째는 매연
마다 후렴구 "―그 곳이 참하 꿈엔들 잊힐리야"가 반복되어

음악적 연쇄를 통해 전체 행이 강한 결속력을 갖는다는 점이다. 둘째는 각 연이 다른 장면을 표현해 시각적이며 회화적인 구성을 보이고 있다는 점이다. 셋째는 시어에 많은 조탁을 가해 지용 나름의 특유한 어법을 구사하고 있다는 점이다. '얼룩백이', '해설피', '석근' 등은 훗날 학자들의 논란거리가 되는 복합적인 의미를 가진 시어이기는 하지만, 이 작품이 독특한 분위기를 형성하는 데 기여하는 것이 사실이다. 이 시는 제1연 '고향 풍경', 제2연 '방안 풍경', 제3연 '들녘 풍경', 제4연 '가을 풍경과 가족', 제5연 '방안의 가족들' 등으로 전개되어 대체로 고향에 대한 그리움이 가장 많이 촉발되는 추수 후 겨울이 다가올 즈음을 계절적 배경으로 하고 있다. 또 이 시의 제2연과 제4연은 앞에서 거론한 시 「넷니약이 구절」과 겹쳐진다. 어떻든 이 시가 당대는 물론 오늘날에도 고향을 떠났거나 고향을 상실한 모든 사람들에게 공감을 불러일으키며 정지용 시인 하면 가장 먼저 떠오르는 그의 대표시가 된 것은, 지용시의 특성인 향토적 정서와 그 시적 언어 구사가 절묘하게 결합되어 있기 때문이다.

문학적 성장과 시적 독자성 확립

—1923년부터 1935년까지

　정지용의 문학적 성장기는 도시샤대학에 입학한 1923년부터 『정지용시집』을 간행한 1935년까지이다. 1923년 5월 지용은 일본 유학생이 되어 도시샤대학 예과에 입학했다. 14세 가난한 소년이 경성에서의 유학을 마치고 21세에 꿈에 그리던 일본 유학이 실현된 것이었으니, 지용에게는 새로운 하늘과 땅이 열린 것이다. 그러나 타국의 학교생활에 적응해야 하는 현실적 어려움과 함께 떠나온 조국의 고향을 그리는 향수가 유학 초기의 청년 지용에게 어려움으로 작용했을 것은 당연한 일이었다고 할 수 있다. 그런 저간의 상황과 정서가 대표시 「향수」를 출산케 하는 시적 창조의 에너지가 된 것이다.

　가정형편이 어려운 그는 졸업생 장학금을 받아 대학 졸업 후 모교의 교사가 된다는 조건부 교비 유학생이 되었다. 도시샤대학은 기독교 학교는 아니었지만 당시의 총장 에비나 단조(海老名彈正)는 일본식 기독교를 주장하는 목사였다. 충북 산골에서 태어난 정지용은 현해탄을 건너 일본으로 향하던 뱃길에 바다를 보고, 특히 첫 번 뱃길에서 만난 거대한 여객선과 거센 파도가 굽이치는 현해탄은 산골 출신의 그에게 전혀 보지 못한 새로운 세계를 경험케 했던 것이다. 「海峽」[18), 「다시 海峽」[19) 등의 시에 지용의 바다 체험은 다음과 같이 나타난다.

砲彈으로 뚫은듯 동그란 船窓으로
눈섶까지 부풀어 오른 水平이 엿보고,

하늘이 함폭 나려 앉어
큰악한 암닭처럼 품고 있다.

(……)

나의 靑春은 나의 祖國!
다음날 港口의 개인 날세여!

航海는 정히 戀愛처럼 沸騰하고

이제 어드메쯤 한밤의 太陽이 피여오른다.

• 「해협」 일부

한국과 일본을 오가는 여객선을 처음 타고 선실에서 바라본 바다 풍경에서 시작되는 이 시는 "나의 靑春은 나의 祖國"이라는 명제로 집약된다. 조국을 잃어버린 자이기 때문에 그의 조국은 오직 그의 청춘이라는 각오가 일본 유학의 길에 오른 지용의 마음이었을 것이다. 다음날 도착한 항구의 갠 날씨가 모국의 것이냐 아니냐를 문제 삼지 않은 채 미래의 조국에 청춘을 던지고자 하는 청년에게 날씨의 청명성만을 시적 언술로 표출시키는 모티프로 작용한 것이 바로 이 마음이다. 당장 눈앞의 투쟁이나 독립운동이 청년 유학생의 절박한 담론으로 작동되는 것은 아니라는 점에서 우리는 지용의 내면 풍경을 엿볼 수 있다. 그럼에도 "한밤의 太陽"이 그 어디선가 어둠을 환하게 비추고 있으리라는 기대 또한 저버리지 않는다. 설렘과 기대가 뒤섞인 미지의 항로에는 젊은 지용의 미래가 "砲彈으로 뚫은듯 동그란 船窓"처럼 뚫려 있었던 것이다.

「해협」이 첫 항해 체험을 바탕으로 한 것이라면, 「다시 해협」은 일본에서 귀국하는 항로를 시적 배경으로 삼아 씌어졌을 것으로 추정된다. 1923년 5월 도시샤대학에 입학한 지용은 같은 해 7월 여름방학을 맞아 귀국했을 가능성이 있다. 「다시 해협」의 마지막에는 "수물 한살 적 첫 航路"라는 구절이 보이는데, 이는 교토 유학 시기가 1923년인 점으로 미루어 해석할 수 있을 것이다.

1924년 대학생활에 어느 정도 익숙해질 무렵, 시 작품 「柘榴」, 「민요풍 시편」, 「Dahlia」, 「紅春」, 「산엣 색씨 들녁사내」 등을 썼다. 이러한 시작활동은 이국에서의 외로움을 달래려는 자기위안도 포함되어 있다고 보아야 할 것이다. 자기 정체성의 불안이 그로 하여금 더 깊이 시에 골몰하게 만들었을 것이라 짐작된다. 당시 도시샤대학에는 유종열(柳宗悅)이 영문과에 출강하였으며, 휘트먼, 블레이크 등을 강의했다. 유종열의 선구적 업적으로 블레이크 연구가 성과를 보였으며 정지용은 이에 영향 받아 블레이크를 도시샤대학 졸업논문으로 썼을 것으로 보인다. 1924년부터 1927년까지 도시샤대학 여학생 전문부에 뒷날 소설가가 된 김말봉(金末峰)이 재학하였는데, 정지용과 상당히 친교가 있었던 것으로 전해진다. 교토에 유학 온 조선인 학생들의 모임에서 그들은 서로의 결속을 다지기 위한 의논 끝에 유학생 동인지 『學潮』를 발간하기로 했던 것으로 보인다.

유학시절을 회고하면서 쓴 1939년 4월 『동아일보』에 발표한 산문 「合宿」에서 지용은 다음과 같이 썼다.

유학할 시절에 식사는 공동식당에서 잠은 기숙사에서 공부는 도서관에서 강연 친목회 예배 같은 것은 호올에서 무슨 대교(對校) 시합 같은 것이 있으면 합숙소에서 밤낮 머리와 어깨를 겨르는 여러 가지 공동생활이라는 것이 지금 돌아다 보아 감개 깊은 것이 아닌 것은 아닙니다. 그러하였던 생활로 인하여 나의 청춘과 방종이 교정되었던 것이며 이제 일개 사회인으로 겨우 부비적거리며 살아나가기에 절대효력적인 것이었을지도 모르겠읍니다.

(……)

한번은 육상경기대회날 이 날은 경기뿐만이 아니라, 전람회 모의점 가장행렬 기숙사 공개 등 여러 가지 주최가 있는데 그 중에서 기숙사 공개라는 것이 가장 바바리즘을 발휘하는 것이었습니다.[20]

기숙사를 방문하는 여학생들을 놀라게 하기 위해 온갖 기발한 아이디어가 동원되었는데 여기에는 "人畜同居"라 써 붙이고 낡은 다다미방 앞에 송아지 한 마리를 매여 놓는다든가, "산 송장의 진열"이라 써 붙이고 솜이불을 덮어 쓴 학생들이 눈을 허옇게 뜨고 즐비하게 드러누워 있다든가 하는 등장발과 예과생들의 기지가 발휘되었다고 지용은 회고했다. 물론 이 글은 기숙사생활 자체를 회고하자는 것은 아니지만 유학 당시 예과생 시절 동급생들과 함께 지용이 겪어야 했던 일들을 사실적으로 기술하고 있다는 점에서 주목할 만하다. 이 글로 보아 당시 유학생활이 풍요롭고 여유가 있었던 것은 아닌 듯하지만, 청춘의 낭만과 기지가 발휘되는 열정의 시간들이었다고 할 것이다. 특히 이 기숙사 생활의 단련을 통해 그의 청춘과 방종이 교정되어 사회에 적응하면서 살 수 있게 되었다고 회고하는 부분은 주목할 필요가 있다.

지용이 이렇게 예과생으로 일본에서 유학생활을 하고 있던 1920년대 중반은 한국 현대시사에 주목할 만한 시기였다. 1925년 김소월이 『진달래꽃』을 간행해 근대적 서정시의 길을 열어놓았으며, 1926년에는 한용운이 『님의 침묵』을 발간해 김소월과는 다른 서정시의 길을 열어놓았다. 3·1운동 당시 민족대표로 참가하고 투옥되어 감방생활을 한 바 있는 한용운은 길을 잃고 헤매는 어린 양에게 전하는 연작시를 통해 민족의 앞날을 예견하고 광명의 날을 확신하는 저항시로 많은 독자들에게 깊은 감명을 주었다. 김소월과 한용운은 한국근대시를 확립시킨 두 축으로서 중대한 문학사적 의미를 갖는다고 할 것이다. 여기에 또 하나의 길을 제시한 것이 임화이다. 1929년 그가 발표한 「우리 오빠와 火爐」는 1924년에 결성된 프롤레타리아 계열의 시에 하나의 이정표를 제시한 것으로서 김기진이 새롭게 단편서사시[21]라는 용어를 사용했을 정도로 큰 반향을 불러일으킨 바 있다.

1925년 대학생활에 어느 정도 익숙해진 지용은 일본인 학생들의 동인지 『街』에 참가하였으며, 일어시 「新羅の柘榴」, 「草の上」 등을 발표하였다.[22] 이 시들은 일본인 학생들의 동인지에 일어로 발표된 것이긴 하지만 교토 유학시절에 활자화된 가장 앞선 발표작으로, 시인의 창조적 처녀성을 엿보게 하는 자료로서 지용문학의 초기 양상에 나타난 창조적 특성을 검토해볼 수 있다는 점에서 그 중요성을 지닌다. 「새빩안 機關車」, 「바다」, 「幌馬車」 등의 작품도 교토에서 썼는데, 그 발표는 몇 년 뒤인 1927년에 이루어졌다.

> 느으릿 느으릿 한눈 파는 겨를에
> 사랑이 수히 알어질가도 싶구나.
> 어린아야야, 달려가쟈.
> 두뺨에 피여오른 어여쁜 불이
> 일즉 꺼저버리면 어찌 하쟈니?
> 줄 다름질 처 가쟈.
> 바람은 휘잉. 휘잉.
> 만틀 자락에 몸이 떠오를 듯.
> 눈보라는 풀. 풀.
> 붕어새끼 꾀여내는 모이 같다.

어린아이야, 아무것도 모르는

새빩안 기관차 처럼 달려 가쟈!

　•「새빩안 기관차」 전문

　위의 시「새빩안 기관차」는 다다이스트적 시풍을 보여준
다. 한국어시를 일어로 번역한 예로「新羅の柘榴」 등도 이 시
기의 작품으로 지용의 초기작으로 검토를 요하는 것들이다.
이 시기 지용은 시작에 매우 열중했던 것으로 보이며, 장래
시인이 되기 위한 출구를 찾으려는 노력을 두드러지게 드러
내보인다. 블레이크를 비롯한 영국의 낭만파 시인들, 전위적
실험을 보여준 다다이즘이나 초현실주의 시인들, 그리고 일
본 현대시인들의 작품을 읽으며 사숙했을 가능성도 충분하
다. 그러나 이 시기는 어디까지나 모색의 단계로 보아야 할
것이다. 동요나 민요 등의 시와 시조형식의 시들이 혼재한
시기이기 때문이다.「마음의 日記」에서 뽑은 아홉 수의 시조
가「새빩안 기관차」가 실린 같은 지면에 발표되었다는 사실
은 이 시기에 지용이 다양한 시적 가능성을 모색하였음을 입
증한다. 우선 이 아홉 편의 시조들은 그가 휘문고보 시절부
터 갈고 닦아온 작품들이었다는 심증이 그 속에 엿보인다.

　　이지음 이실〔露〕이란 아름다운 그말을

글에도 써본저이 업는가 하노니

가슴에 이실이이실이 아니나림 이여라

• 「「마음의 일기」에서」 일부

　일본에서 일어에 젖어 유학생활을 하고 있지만 지용의 가슴속에는 항상 모국어가 살아 있음을 위의 시조는 보여준다. 가슴속의 모국어와 대학생활에서의 일어, 그리고 전공으로서의 영어가 당시 지용의 언어생활 속에 공존했음은 당연한 현실상황의 반영이었다고 보아야 할 것이다.

　1926년 3월 지용은 예과를 수료하고 4월 본과 영문학과에 입학했다. 같은 해 4월 예과에 입학한 김환태를 만나 동요 「띠」와 「홍시」 등을 읊어주었으며, 그 얼마 후 어느 깜깜한 밤에 쇼코쿠지(相國寺) 뒤로 가서 「향수」를 읊어주었다고 한다.

　　입학한지 얼마 되지 않아 재학생들이 신입생 환영회를 열어주어, 그 자리에서 처음 시인 정지용씨를 만났다. 나는 그의 詩를 읽고 키가 유달리 후리후리 크고 코 끝이 송곳 같이 날카로운 그런 사람으로 상상하고 있었는데, 키는 오척 삼촌 밖에 되지 않았고 이빨만이 남보다 길었다. 그날 그는 동요『띠』와『홍시』를 읊었다. 그 후 어떤 칠흑과 같이 깜깜한 그믐 날 그는 나를 相國寺 뒤 끝 묘지로 데리

고 가서 『향수』를 읊어 주었다.[23)]

    지용이 신입생에게「향수」를 읊어주었다는 것은 그만큼 타국에서 모국을 동경하고 있었다는 뜻이기도 할 것이다. 지용이 읽어주는「향수」를 듣고 김환태가 눈물을 흘렸다고 회고한 것으로 볼 때 당시 유학생들이 모두 고국을 그리워하는 향수에 젖어 있었음을 알 수 있다. 1923년에 씌어진「향수」가 어느 정도 완성되어 남에게 들려줄 정도가 되었기 때문에 처음 유학 온 후배에게 들려줄 수 있었을 것이란 판단이 가능하다.

    1926년 6월 정지용은 교토 유학생들에 의해 창간된 잡지 『학조』에「카페 쁘란스」와「파충류동물」등을 발표했다. 이 작품들로 하여 정지용은 유학생들 사이에 시인으로서 확고한 위치를 인정받는다. 특히「카페 쁘란스」가 젊은 청년들에게 환기하는 울분과 고뇌는 당시 유학생들의 심적 상황을 단적으로 드러내는 정서라는 점에서 흥미로운 관심을 불러일으킨다.「카페 쁘란스」등의 시편은 지용이 공식 지면에 가장 먼저 발표한 한국어시였다는 점에서 그의 시적 출발을 의미하는 처녀작으로 간주할 만하다. 또한 이때 발표한 시들은 한국 현대시사에 모더니즘시 출현의 전조로 볼 수 있는 것이면서, 지용의 시적 출발의 첫걸음에 해당하는 족적을 보여준 것으로 시사적인 의미를 띠는 것이라 할 수 있다. 그 시어나 이국 취향의 분위기를 풍기는 이색적 정서로 유학생과 젊은 문학지망 청년들에게 충격적 반응을 야기한 이 시편들에서 모더니즘적 기미를 느끼는 것은 그리 무리한 일이 아닐 것이다.

옴겨다 심은 棕櫚나무 밑에
빗두루 슨 장명등,
카페 ᅋᅳ란스에 가쟈.

이놈은 루바쉬카
또 한놈은 보헤미안 넥타이
뻣적 마른 놈이 앞장을 섰다.

밤비는 뱀눈 처럼 가는데
페이브멘트에 흐늙이는 불빛
카페 ᅋᅳ란스에 가쟈.

이 놈의 머리는 빗두른 능금
또 한놈의 心臟은 벌레 먹은 薔薇
제비 처럼 젖은 놈이 뛰여 간다.

『오오 패롵〔鸚鵡〕서방! 꾿 이브닝!』

『꾿 이브닝!』(이 친구 어떠하시오?)

• 「카예 프란스」 일부

약간은 데카당적이며 또한 반항적이기도 한 이들의 젊음은 자기 존재가 아무것도 아니라는 자각에 이르면서 슬픔의 토로가 고조되고 시는 종결된다. 특히 마지막 구절은 교비 유학생이던 지용의 사무치고도 복받치는 감정이 토로되어 한결 시적 공감을 불러일으킨다. 조금은 유치하기도 하고 조금은 사치스럽기도 한 이러한 감정의 분출은 「카예 프란스」라는 이국적인 취향이 가미되어 격한 젊음을 드러내는 데 일조한다. 병적 낭만주의가 깃든 이 「카예 프란스」와 더불어 「슬픈 인상화」나 「파충류동물」 같은 시에는 서구 포멀리즘을 흉내낸 흔적이 역력히 드러난다.

「카예 프란스」는 처음 발표 때의 작품과 시집 수록분이 많이 다르다. 이는 후일 그가 초고에 많은 수정을 가했음을 말해준다. 또 이 시의 해석에 대해서도 연구자 사이에 상충된 의견이 보인다. 특히 위의 인용 마지막 부분을 어떻게 보느냐에 따라 첨예한 견해차가 나타난다. "『오오 패롵〔鸚鵡〕서방! 꾿 이브닝!』/『꾿 이브닝!』(이 친구 어떠하시오?)" 부분의 해석에서 유종호와 권영민의 견해차는 매우 크다.

　이 부분을 앵무새에게 던진 인사말과 앵무새의 응답이라고 한 유종호의 해석에 대해 권영민은 이의를 제기하여 "(이 친구 어떠하시오?)"라는 부분이 후에 첨가된 것은 앵무새의 응답이 아니라 그 나름의 의미를 담고 있다고 하면서 다음과 같이 해석한다.

　카페의 여급이 달려나오며 하는 반가운 인사에 세 사람이 함께 한 목소리로 '꾿 이브닝'이라고 답한다. 이 부분을 고딕체로 처리한 것은 세 사람이 호기 있게 큰 소리로 인사를 받는 모습을 강조하기 위해서다. 그러면서 이 세 사람 가운데 새로 데려 온 친구를 은근히 여급에게 소개한다. (　) 속에 들어 있는 '이 친구 어떠하시오?'라는 말은 이 같은 의미를 함축하고 있다고 본다. 아마도 여기 새로 데려 온 '이 친구'가 바로 시적 화자인 것은 분명하다.[24]

　이에 대해 유종호는 "앵무새가 종업원이란 말인가? 카페에 앵무새 조롱이 있으니까 손님들이 장난스레 인사말을 거는 것"[25]이라고 하면서 권영민의 해석을 반박하고 있다. 이 부분의 해석에서 시적 상황의 자연스러움은 유종호의 견해로 볼 때 더 잘 느낄 수 있다. 이외에도 "이국종 강아지"를 어떻게 보느냐에서도 두 평자의 의견이 다르다. 권영민은 "이국종 강아지"를 '졸고 있던 일본인 여급'이라고 보았으나 유종호는 글자 그대로 '이국종 강아지'일 뿐이라고 말하고 있다. "이국종 강아지"를 '졸고 있던 일본인 여급'이라고 본 다면 그것은 적정성을 상실한 과도한 해석이라는 것이다. 전체적으로 보아 권영민의 해석은 허구적 상상력을 가미시켜 기발하고 흥미롭기는 하지만 시적 의미를 확대하거나 과장하고 있다는 혐의를 부정하기 어렵다.

정지용은 「새빨안 기관차」나 「파충류동물」 같은 초기 시편들을 1935년에 발간한 첫 시집 『鄭芝溶詩集』에 수록하지 않았는데, 이는 지용 나름의 시적 자의식이 형성되던 초기의 시적 태도를 후에 과감히 벗어던졌기 때문으로 보인다. 1926년과 1927년 무렵 지용시의 초기에 해당하는 일본 유학시절에 지용은 계속해서 시 「갑판 우」, 「바다」, 「湖面」, 「이른 봄 아츰」을 썼으며, 11월에는 『신민』에 「따알리아」, 『어린이』에 「산에서 온 새」 등을, 12월에는 『신소년』에 「굴뚝새」를 발표했다.

특히 기타하라 하쿠슈(北原白秋)가 주재하던 『근대풍경』 1권 1호(1926. 12)에 일어로 된 「かっふえ・ふらんす」(카몌 쁘란스)를 투고했는데 잡지 편집자는 일본의 기성시인과 같은 크기의 활자로 지용의 시를 실었다. 이는 당시 유학생들

사이에서는 커다란 뉴스거리로서, 지용은 일본 시단으로부터 동인지 수준의 『학조』에 유학생들끼리 작품을 게재한 것과는 전혀 다른 대우를 받았던 것이 분명하다.

1927년 지용은 작품 「뻣나무 열매」, 「간메기」 등 7편을 교토와 옥천 고향을 내왕하면서 썼다. 그 가운데 지용의 생애와 관련이 깊어 보이는 작품은 「發熱」이다.

> 처마 끝에 서린 연기 따러
> 葡萄순이 기여 나가는 밤, 소리 없이,
> 가믈음 땅에 시며든 더운 김이
> 등에 서리나니, 훈훈히,
> 아아, 이 애 몸이 또 달아 오르노나.
> 가쁜 숨결을 드내 쉬노니, 박나비 처럼,
> 가녀린 머리, 주사 찍은 자리에, 입술을 붙이고
> 나는 중얼거리다, 나는 중얼거리다,
> 부끄러운줄도 모르는 多神敎徒와도 같이,
> 아아, 이 애가 애자지게 보채노나!
> 불도 약도 달도 없는 밤,
> 아득한 하늘에는
> 별들이 참벌 날으듯 하여라.
> •「발열」 전문

「발열」[26]은 말미에 '27. 6. 沃川에서'라 밝혀놓은 기록으로 미루어보아 도시샤대학 재학 중 여름방학을 맞아 귀향했을 때 씌어진 것이라 짐작할 수 있다. 이 작품은 또한 '1929. 12'에 씌어진 「유리창」[27]과 상관성을 갖는데, 두 작품 모두 어린아이의 죽음을 소재로 하고 있다는 점에서 주목을 요한다.[28] 이 두 작품의 소재가 된 아이가 동일인물은 아니라고 판단된다.「발열」의 경우 시를 자세히 살펴보면 1인칭 화자로 표출되는 목소리가 허구적 인물이 아닌 시인 자신인 지용이며, 시적 화자가 「발열」에서 지칭하는 "이 애"는 1928년 3월 출생한 장남 구관 이전에도 지용의 슬하에 또 다른 아이가 있었음을 말해주는 증거로 볼 수 있다. 「발열」에 이르러서 주목되는 점은 초기의 모호한 표현의 흔적이 많이 없어지고, 지용 특유의 시적 감각이 나타나 있다는 것이다. "연기 따라 포도순이 기여 나가는 밤"이라든가 "박나비처럼 (……) 입술을 붙이고" 등이 그런 예이다.

1927년 지용은 『학조』, 『신민』, 『문예시대』, 『조선지광』, 『근대풍경』 등에 활발하게 작품을 발표하며 자신의 문단적 활동반경을 넓혀나갔다. 동시에 이 시절 지용의 주된 관심은 종교적 문제였다고 판단된다. 이는 이듬해 지용이 영세받고 가톨릭 신자의 길로 들어선 사실로 뒷받침된다. 졸업이 다가오는 시점에서 장래에 대한 불안과 더불어 자기 자신에 대한 고민도 컸을 것이고, 자녀의 사망이나 출생 등으로 인해 가장으로서 의무감도 강하게 작용해 지용의 종교적 관심을 부추겼을 것이다. 번민과 갈등에 싸여 있던 지용은 1928년 음력 7월 22일 교토 프란시스코 성당에서 프랑스인 뒤튀(Y. B. Duthu) 신부에게 영세를 받음으로써 정신적 안정에 들었을 것으로 추정된다. 이때 영세명은 프란시스코이지만 지용은 프란시스코의 중국식 표기 방지거를 즐겨 썼다. 이후 지용은 해방 후까지 독실한 가톨릭 신자였다. 같은 해 11월에는 교토 조선인 유학생들의 천주교 모임 '재일본조선공교신우회'(在日本朝鮮公敎信友會)지부가 창립되자 서기를 맡았다.[29] 여기서 끝나지 않고 지용은 고향에 돌아가 부친에게 가톨릭을 믿자고 권유했으며, 이로 인해 부친도 신앙심을 되찾게 되었고 이후 독실한 가톨릭 집안이 되었다고 한다.[30]

　미스스 R과 아츰인사를 박구쟈 가벼운 긴장을 늑기엿다. 나의 시각의 틀님업슴을 요행히 기대하며 성당입구를 바라보고 잇섯다. 족으만 山처럼 옴기여오는 ᄪ랑스신부가 보이자 나의 自重은 제재를 일어 용감한 권투선수처럼 아프로 닥어나갓다. 이는 틀님업는 눈이둘이다!

　수풀속으로 내여다보는 죄고만 湖水갓흔 눈이 둘이 온다. 천국이 바로 비취는 순수한 렌스에 나의 몸ㅅ새는 한

낫 헤매는 나부이뎌뇨?

미스 R은 얼골이 함폭 미소로 피엿다. 나의 일흔 아츰
붓그럼은 가벼히 上血하엿다.

『신부님, 저하고 한나라에서 온 분이십니다』

『신자시요?』

『아즉은……아니세요.』

말 몰으는 포로처럼 나는 가슴에 달닌 단초를 돌니고 잇
섯다.[31]

프랑스인 신부를 미사 후 처음 만났을 때 아무 말도 하지
못하고 부끄럼을 타서 새빨개진 얼굴로 단추만 만지작거리
며 서 있던 소년의 심정이 사실적으로 표현되어 있다. 이 글
에서 우리는 가톨릭에 입교하기 직전의 지용을 만난다. 프랑
스인 신부의 푸른 눈동자에 천국의 신비가 비치는 것만큼이
나 가톨릭의 세계는 그의 마음을 사로잡는 단 하나의 이상적
세계였음을 알 수 있는 대목이다. 위의 글에 등장하는 '미스
R'이 누군가에 대해서는 여러 가지 추측이 가능하다. 인용문
에서 확인할 수 있는 것은 미스 R이 지용을 프랑스인 신부에
게 소개한 한국인 여성이었다는 점이다. 지용을 신부에게 소
개한 미스 R의 표정에서 우리는 방황하는 어린 영혼을 성당
으로 인도한 가톨릭교도의 자신감과 보람을 엿볼 수 있다.

프랑스인 신부와의 첫 만남을 계기로 지용은 가톨릭에 입교한 것으로 보인다. 그러나 가톨릭 또한 엄격한 규율이 지배하는 세계인 까닭에 자유로운 신앙생활은 어려웠을 것이라 짐작된다. 입교 후의 지용이 겪었던 종교적 갈등은 다음과 같이 나타난다.

『교회는 모다 매한가지지. 자기 信仰만 가지고 잇스면 그만이지요.』

『인젠 그 자기 신앙에 몹시 고달폇소.』

『가톨닉만 신앙이예요?』

『……』

『個性업는 신앙이 무엇하오? 자유업는!』[32]

위의 인용은 가톨릭에 입교한 이후 다가오는 불안과 동요를 보여주고 있다. 이 대목은 교회나 성당의 획일주의가 자유로운 신앙생활을 갈망하는 젊은 신도에게는 불만스러운 것임을 잘 나타내고 있다. 개성과 자유를 강조한다는 점에서 절실히 신앙생활을 갈망하면서도 틀 속에 사로잡힌 개성 없는 신앙을 거부하는 진지한 자세도 이 글에서 읽을 수 있다.

대성당에 들어슬 쌔는 더욱 엄숙하게도 랭정하여진다.

몃시간 동안 우리들의 쾌활한 우정도 신벗듯 하고 일ㅅ
절의 言語도 희생하여 버린다. 聖水盤으로 옴겨 가서 거룩
한 표를 이마로부터 가슴알로 다시 두엇개까지 그은 뒤에
호흡이 계속한다면 그것은 오로지 육체를 망각한 영혼의
숨ㅅ소리 뿐이다.

성체등의 붉은 별만한 불은 잠잘 쌔가 업다. 성체합 안
에 숨으신 예수는 휴식이 업스시다는 상징으로―.

성당 안에 들어오면 엇지하야 우리는 죽기까지 붓그러운
죄인이면서 쏘한 가장 영광스런 기사적 무릅을 쑬느뇨?[33]

위의 글은 대성당에 들어갔을 때 지용이 느낀 엄숙하면서
도 냉정한 감각을 전해준다. 육체를 망각한 영혼의 숨소리를
듣기도 하고, 성당 안에 켜진 성체등을 바라보며 부끄러운
죄인임을 느끼는 동시에 가장 영광된 신도로서 기도하는 신
앙인임을 자인하기도 한다. 이 점에서 보자면 정지용의 가톨
릭 신앙은 외적 필요에 의해 만들어진 것이라기보다는 그 내
심에서 우러나온 진지한 종교적 요구의 발로였다는 게 더 타
당하게 여겨진다.

1928년 음력 2월 옥천군 내면 상계리 7통 4호(하계리 40번
지) 자택에서 장남 구관이 출생했다. 5월 「우리나라 여인들
은」 등의 작품을 발표했으나 전년도(1927년)에 비해 작품

수는 현저히 줄어들었다.

신앙심으로 어느 정도 정신적 안정을 되찾은 지용은 12월 23일 졸업논문 "Imagination of William Blake"를 완성했다. 이 당시 도시샤대학 내에서 지용이 천주교 활동에 너무 깊이 빠져 졸업이 늦어졌다는 소문이 퍼지기도 했다. 지용이 크리스마스 전날 이 논문을 영문 필기체로 완성했다는 것은 그의 생애에서 간과할 수 없는 중요성을 갖는다. 이 논문의 서두는 다음과 같이 시작된다.

블레이크(William Blake)의 시를 읽는 사람들은 「봄에게」("To Spring") 등과 같이 아름다운 환희를 노래한 초기 작품과 『아벨의 유령』(*The Ghost of Abel*) 등과 같이 난해한 후기 작품 사이에 다양한 변화와 발전이 있음을 느낄 것이다. 게다가 이 변화와 발전은 매우 독창적이며 다른 시인들의 경우와는 사뭇 다르다. 그러므로 그의 시는 다양한 관점에서 연구될 수 있을 터이지만 필자는 그가 항상 찬미해 마지않았던 상상력의 관점에서 고찰하고자 한다.

우선 우리가 기억해야 할 것은 그가 감수성이 예민한 청년기에 미숙한 화가로서 미켈란젤로(Michaelangelo)를 동경하기 시작했다는 것이다. 그러나 그는 단지 화가가 되는 데 만족하지 않고 화가로서의 위대성과 신비주의 시인으로서의 위대성을 조화시키고 융합시키고자 했으며, 이 점이 그의 특성이다. 그는 자신의 시를 이해하기 힘든 것으로 만들고자 하는 욕망을 성취했다. 그는 그것에 만족하지 않고, 무의식적이기는 했지만 철학자가 되기를 원했다. 이러한 소망, 기질적으로 그의 사고에 내재한 이러한 경향은 결국 그를 파멸로 이끌게 되었다. 예술과 신비주의의 양식은 형이상학적으로 융합될 수 없는 것이다. 그가 감행한 이 어려운 시도는 그의 시의 사상을 더 복잡하고 더 이해하기 어려운 것으로 만들었을 뿐이다. 이러한 경향은 그의 후기 작품들에 두드러지게 나타나는데, 이러한 경향을 어떻게 조화시키고 표현해야 할 것인가라는 문제에 대한 그의 고민은 그의 시 속에 잘 표현되어 있다. 이러한 고민은 곧 그의 영적 고뇌가 되었고, 자신이 노래하고 말하면서 살아가는 세계에서는 결코 적합한 방법을 찾을 수 없다는 것을 그에게 인식시키게 되었다.

그러므로 영감이 주어진 순간, 그는 자신의 상상력으로부터 나온 진리나 사상을 복잡하고 혼란스러운 상징들로 엮어냈다. 화가이자 신비주의 시인으로서 그는 오직 상상력의 힘으로 노래했으며, 다음과 같이 브라우닝(Robert Browning)이 노래했던 바를 확인했다.[34]

지용의 졸업논문이 블레이크 시에 대한 새로운 학설이나 발견을 개진한 것은 아니었다고 하더라도 인간에게 있어서 영적인 신성한 것의 절대적 가치를 블레이크 시를 통해 주장하고 있다는 것은 그의 내면생활과 후기 시집 『백록담』을 이해하는 데 중요한 단서로 삼을 근거가 된다. 이는 특히 휘문고보 재학시절에 타고르의 시에 깊은 관심을 표명했던 것과도 관련된다고 하겠다.

- 본적: 조선 충청북도 옥천군 옥천면 하계리
- 입학: 1923. 5. 3. 졸업: 1929. 6. 30.
- 출신교: 휘문고등보통학교
- 보증인: 임경재(경성부 계동 79–12,〔학교장〕)
- 성적표
—제1과정 (제1학년)/영문학(柳 교수) 60, 영문학(山本 교수) 90, 영문학(安養 교수) 75, 영문학사 70, 고대문학 60, 미국문학 77, 언어학개론 60, 영작문 66/55, 발음학 65, 문학개론 65,〔선택과목〕국문학 68, 독일어 76, 조행 837
—제2과정/영문학 96, 영문학 85, 영문학 65, 영문학사 70, 영작문 88, 근대문학 65, 교육학 교수법 68,〔선택과목〕심리학 100, 독일어 83, 조행 787
—제3과정/영문학 97, 영문학 84, 영문학 64, 영작문

70, 영문학사 73, 교육학 교수법 78, 졸업논문 60, 70→69,
〔선택과목〕윤리학 80, 조행 615

　─총점 2232, 평균 74.4[35)]

　위의 성적표에서 우선 눈에 띄는 것은 보증인 임경재라는
인물이다. 그는 휘문고보 학교장으로서 지용의 보증인이자
학비의 후원자였다. 성적표를 살펴보면 지용은 영문학 강의
에서 많은 기복을 보인다. 60점에서 97점을 오르락내리락한
것은 과목의 내용과 그의 취향이 많이 작용한 탓이 아닌가
추정케 한다. 졸업논문의 성적 또한 그렇게 좋은 편이 아니
다. 논문 제출이 미루어졌던 것도 그런 이유 때문이 아닐까
여겨진다.

　1929년 6월에야 지용은 도시샤대학 영문과를 졸업했는데
졸업이 늦어진 것은 신앙적 갈등과 귀국 후의 장래 걱정 등
으로 인해 졸업논문의 작성이 늦어졌기 때문으로 보인다. 신
앙적 갈등은 젊은 시절 자기 성숙의 한 과정이라면 귀국 후
의 직업 선택은 구체적 현실의 문제였다고 하겠다. 학비를
후원해준 휘문학교로 되돌아가 취업한다는 것은 당연한 일
이었지만, 선택의 자유가 없다는 것으로 인해 자신의 더 큰
가능성이 위축된다는 느낌을 지용이 마음속에 가지고 있었
을지도 모른다. 어쩌면 신앙의 위기라는 것도 그 근원은 여

기서 비롯된 것인지도 모른다. 이런 고민을 해결하는 것과는 또 다른 차원에서 현실적으로 지용은 어쩔 수 없이 도시샤대학을 졸업하지 않을 수 없었을 것이다. 그가 교정을 떠날 때의 상황은 김환태의 수필 「경도에서의 3년」에서 지용을 회고하는 부분을 통해 여실히 엿볼 수 있다.[36)]

이 회고 이전에 발표되었던 「선취」를 보면, 이 당시 금단추 다섯 개를 달고 있던 지용의 복장에 대한 자부심 같은 것이 어떤 것인가 알 수 있다.

金단초 다섯개 달은 자랑스러움, 내처 시달품.
아리랑 쪼라도 찾어 볼가, 그전날 불으던,

아리랑 쪼 그도 저도 다 닞었읍네, 인제는 버얼서,
금단초 다섯개를 삐우고 가쟈, 파아란 바다 우에.
• 「선취」 일부

김환태의 회고는 다분히 이 시를 의식했을 가능성도 있다. 금단추 다섯 개는 당시 대학생들의 엘리트 의식을 상징하는 것으로 대학에 갈 꿈도 꾸지 못하던 일반사람들에게는 선망의 대상이었다. 도시샤대학을 졸업하고 세비로 양복을 입고 사회인이 된 지용은 석 달 후인 1929년 9월, 모교인 휘문고보 영어 교사로 취임했다. 뒤이어 충북 옥천에서 부인, 장남을 솔가해 '서울 종로구 효자동'으로 이사했다. 효자동은 휘문학교가 있는 계동과 가까운 위치라는 점을 감안해 주거지로 정했을 것이다. 이때 지용은 독특한 유머와 기지로 학생들간에 인기 있는 선생이자 시인으로서 알려져 있었다. 동료로는 김도태·이헌구·이병기 등이 있었으며 특히 지용은 이병기 선생에게서 한국 고전에 대해 많은 가르침을 받았을 것이다. 지용의 후기시에 고전에 대한 깊은 이해와 천착이 나타나는데, 이는 일차적으로는 유년시절에 견문으로 배운 한학의 소양을 바탕으로 하겠지만 상당 부분 이병기와의 교유에서 터득했다 해도 무리가 아닐 것이다.

1929년 10월 24일에는 뉴욕 월 가의 주가 폭락으로 대공황이 시작되었는데 바로 다음날인 25일 지용은 영랑의 소개로 박용철을 만났다.[37) 새로운 시동인지 발간을 기획하고 있던 박용철은 시단의 새 바람을 불러일으키기 위해서는 지용의 참여가 절대적으로 필요하다고 판단하여 이의 실현을 위해 동분서주했으나, 이 당시는 원칙적인 합의만 했을 뿐 창간을 위한 구체적인 합의에는 도달하지 못했다. 그럼에도 이 두 사람의 만남은 한국 현대시문학사에서, 그리고 정지용의 문학과 삶에서 결정적인 중요성을 갖는 요인으로 작용한다. 12월에는 「琉璃窓 1」의 초고를 썼다.

琉璃에 차고 슬픈것이 어린거린다.

열없이 붙어서서 입김을 흐리우니

길들은양 언날개를 파다거린다.

지우고 보고 지우고 보아도

새까만 밤이 밀려나가고 밀려와 부디치고,

물먹은 별이, 반짝, 寶石처럼 백힌다.

밤에 홀로 琉璃를 닦는것은

외로운 황홀한 심사이어니,

고흔 肺血管이 찢어진 채로

아아, 늬는 山ㅅ새처럼 날러 갔구나!

• 「유리창 1」 전문

이 「유리창 1」[38]도 어린 아들의 죽음이 소재가 된 것으로 알려져 있다. 박용철에 의해 어린 아들의 죽음을 소재로 한 것이라는 설은 널리 퍼져나갔다. 그런데 이 작품이 「발열」이나 「태극선」과 어떤 관계가 있는지 의문점이 남는다. 특히 1928년 초(2월)에 출생한 구관이 있었기 때문에 어느 쪽으로 확정지어 말하기가 어렵다. 지용은 또 다른 시 「유리창 2」[39]를 발표했는데, 이는 어린아이의 죽음과 직접 관계가 없는 것으로 읽힌다. 「발열」에 나오는 아이의 죽음에 대한 충격이 이러한 시를 계속해서 쓰게 하지 않았을까 하는 짐작도 된다. 박용철과 정지용의 친분으로 보아 박용철 또한 있지도 않은 이야기를 꾸며서 공식적인 지면에서 거론하지 않았을 것이기 때문이다.[40]

1930년 지용은 박용철·김영랑·이하윤 등과 함께『시문학』동인으로 활동한다.『시문학』창간호에 교토 시절 쓴 작품을 발표하는데, 이는 대부분 그 이전 시기의 지면에 발표된 것들임은 앞에서 언급한 바와 같다. 이 점에서 보자면, 지용은『시문학』창간 초기에는 소극적으로 동참했다는 인상을 주기도 한다. 아마 휘문학교 동창인 김영랑의 권유를 뿌리치지 못하고 참여하게 되었지만, 아직 문단에 잘 알려지지 않은 박용철이 이를 주도하는 형식으로『시문학』이 창간되었기 때문일 것이다.

우리는 시를 살로 색이고 피로 쓰듯 쓰고야 만다. 우리의 시는 우리 살과 피의 매침이다. 그럼으로 우리의 시는 시나는 거름에 슬적 읽어치워지기를 바라지 못하고, 우리의 시는 열번 스무번 되씹어 읽고 외여지기를 바랄 뿐, 가슴에 늣김이 이러나야만 한다. 한말로 우리의 시는 외여지기를 求한다. 이것이 오즉 하나 우리의 傲慢한 宣言이다. …… 한 민족의 言語가 발달의 어느 정도에 이르면 國語로서의 존재에 만족하지 안이하고 文學의 형태를 요구한다.

66

그리고 그 文學의 成立은 그 민족의 言語를 완성식히는 길이다.[41]

『시문학』 동인들이 창간호에서 밝힌 언어에 대한 자각은 정지용의 시를 통해 실천적으로 구현되며, "민족의 언어를 완성"시킨다는 목표는 1930년대 시단의 최정상에 지용시를 올려놓는 것으로 실현된다.

1930년부터 천주교 종현(현 명동)청년회 총무를 맡았던 지용은 1931년에도 계속해서 종현청년회 총무로 활동했다. 이해 시작활동은 창작시 4편 정도를 발표해 그렇게 활발한 편은 아니었다. 1월 「유리창 2」, 10월 「풍랑몽 2 ─ 바람은 부옵는데」와 「그의 반」[42], 11월 「촛불과 손」[43]을 발표했다. 12월 서울 종로구 낙원동 22번지에서 차남 구익이 출생했다. 구익은 뒤에 신부가 되기 위해 수도원에 들어갔다. 지용이 몇 명의 자녀를 출산하였는지는 불분명하지만, 장성한 아들인 구관·구익·구인 삼형제와 장녀 구원을 합쳐 영아기 이후 성인이 되기까지 생존했던 지용의 자녀는 3남 1녀로 최종 지목해두고자 한다(막내아들 구상도 1년이 안 된 영아로 사망했다). 1920년대와 30년대는 유아사망률이 높아 어느 정도 성장할 때까지 호적에 올리지 않는 것이 통례였던 까닭에 나이에 비해 늦게 호적에 등재되는 경우도 많았다.

1932년 지용은 『시문학』 후속지격인 『문예월간』에 「고향」, 「난초」 등 10편의 작품을 발표한다. 「고향」은 「향수」와 관련이 있어 보이고, 「난초」는 휘문학교 동료교사였던 이병기의 영향을 가늠하게 하는 동양적 취향이 엿보인다. 영어교사인 지용과 고전문학 교사인 이병기가 연령 차이를 넘어 서로에게 깊은 자극과 영향을 주고받았으리라 짐작되는 근거가 여기저기 나타난다. 1940년 이병기가 『가람시조집』을 간행하자 지용이 이에 대한 발문은 물론 평문까지 『三千里』(1940. 7)에 게재한 것은 그 한 예다.

　　1932년 1월에 발표된 「난초」[44]는 형식적으로는 시조형태의 변형이라고 볼 수 있으며 기법적으로는 동양의 수묵화적 기법을 보여주는데, 이는 서구적 감각이 우세하던 시절의 지용의 시적 경향에서 볼 때 전환적인 작품이라 판단할 수 있다. 그러나 『정지용시집』 이후 『白鹿潭』(1940)으로 진행되는 시적 전개에서는, 서구적 감각과 기법을 넘어서서 전통지향적이며 정신주의적인 경향을 지용의 시적 흐름의 바탕에 나타나는 주류적 성향으로 이해하는 편이 더 적절하리라 여겨진다.

　　蘭草닢은
　　차라리 水墨色.

蘭草닢에
엷은 안개와 꿈이 오다.

蘭草닢은
한밤에 여는 담은 입술이 있다.

蘭草닢은
별빛에 눈떴다 돌아 눕다.

蘭草닢은
드러난 팔구비를 어쨔지 못한다.

蘭草닢에
적은 바람이 오다.

蘭草닢은
칩다.
• 「난초」 전문

이 시에서 시적 감각은 매우 날카롭고 섬세하다. 지용 특유의 예민한 통찰이 돋보인다. 스케치풍의 소묘이지만 난초에 대한 지용의 시적 인식은 이병기의 시조 「난초」와는 또 다른 현대적 감각의 세계를 보여준다. 물론 아직 30대 초반의 지용에게는 이러한 동양적 세계의 탐구보다는 서구적이며 현대적인 감각의 세계로 나아가려는 충동이 더 컸을 것이다.

1933년 6월에 지용은 『카톨릭청년』지의 창간에 참여해 편집을 돕는 한편 이 잡지에 「해협의 오전 2시」, 「비로봉」 등의 시를 발표해 시단의 주도적인 역할을 담당하는 위상에 선다.

白樺수풀 앙당한 속에
季節이 쪼그리고 있다.

이곳은 肉體없는 寥寂한 饗宴場
이마에 시며드는 香料로운 滋養!

海拔五千⑪이트 卷雲層우에
그싯는 성냥불!

東海는 푸른 揷話처럼 옴직 않고
누뤼 알이 참벌처럼 옴겨 간다.

戀情은 그림자 마쟈 벗쟈

산드랗게 얼어라! 귀뜨람이 처럼.

• 「비로봉 1」 전문

시 「비로봉 1」을 읽어보면, 지용이 금강산 비로봉에 올랐던 경험이 토대가 되었음을 엿볼 수 있다. 이는 해발 5,000피트 높이에서 동해를 바라볼 수 있는 것은 금강산 비로봉이라는 사실에 기인한다. 여기서 두드러지는 시적 특징은 안정된 2행 1연 시의 형식과 날카로운 이미지 구사이다. 소묘적인 풍경묘사는 비로봉의 가을 풍경을 압축시켜놓았다는 점에서 지용의 시적 솜씨가 잘 발휘된 예라고 할 것이다. 지용은 이후 다시 「비로봉」 시를 1937년 6월 『조선일보』에 발표하였는데, 이 시는 최초의 금강산 등반 후 두 번째 정상에 올랐던 체험을 시화한 것이다. 따라서 지용에게 있어 금강산 등반은 그만큼 그의 시 전개에 중요한 역할을 담당해 그 시적 의미 생산에 개입하는 키포인트로 작용했다고 하겠다.

1933년 7월 종로구 낙원동 22번지 같은 집에서 차남 구익과 약 2년 차이로 3남 구인이 출생하였다. 8월에 지용은 반 카프적 입장에서 순수문학을 옹호하는 취지로 결성한 '구인회'(九人會)에 가담했다. 초기 창립 회원은 김기림·이효석·이종명·김유영·유치진·조용만·이태준·정지용·이무영 등 9명이다.

1934년, 서울 종로구 재동 45의 4로 이사하였다. 월세가 아닌 집은 이것이 처음이었다는 점에서 경제적 · 가정적으로는 그 어느 때보다 안정된 시기였다고 할 것이다. 12월 재동 자택에서 장녀 구원이 출생하였다.

『카톨릭청년』에 「다른 한울」, 「또 하나 다른 太陽」과 「不死鳥」, 「나무」 등을 각각 2월과 3월에 발표했으며 7월에는 「권운층 우에」를 『조선중앙일보』에 발표했다. 「권운층 우에」는 앞서 발표한 「비로봉」이라는 시를 제목만 바꾼 것으로서, 이는 이 작품에 대한 지용의 상당한 애착을 엿보게 한다. 먼저 발표한 시 「비로봉」이 세인의 주목의 대상이 되지 못했다는 것도 재발표의 계기가 되었을 것으로 본다.

1935년에도 지용은 2월에는 『삼천리』 58호에 「갈메기」를, 3월에는 『카톨릭청년』 22호에 「紅疫」, 「悲劇」을, 4월에는 『시원』 2호에 「다른 한울」을, 8월에는 『조선문단』 24호에 「다시 해협」, 「地圖」 등을 발표한다. 이 과정에서 주목되는 점은 1933년부터 1935년 사이에 가톨릭 신앙시편이 많이 발표된다는 사실이다. 이는 『카톨릭청년』이란 잡지의 창간이 계기가 되기도 했겠지만, 그보다는 그의 종교적 갈등이나 개인적 번민이 근본적으로 깊이 작용한 결과로 보는 게 더 타당할 것 같다. 이 무렵 지용은 앞에서 말한 바와 같이 월세집을 벗어나 가정적으로 경제적으로 어느 정도 안정되는 시기를 맞는다. 지용의 개인사에서 볼 때 이 시기에 그는 정신적 안정을 이루는 종교와 생활 양면적 여건의 결합을 보여준다. 이로 인해 생성된 그 복합적 정서가 신앙시로 표현되어 이 시기의 지용시가 보여주는 시적 특성을 이루게 된다. 그 점에서 이 시기는 주목해야 할 중요한 시점이다. 그렇다고 해서 그의 신앙이 긍정적으로만 나타난다는 뜻은 아니다. 종교적 회의와 시적 갈등이 표출되는 시를 통해 이 시기에 시인 지용이 당면한 인간적 고뇌가 생생하게 드러난다는 것이다. 이 점은 그의 삶이나 종교적 신앙심이 회의나 고난으로 나타난다는 내용과 별개로 그 시적 에너지에 중요한 영향을 미치면서 시적 성숙을 고무하는 계기로 작용한다.[45] 정지용이 개신교에서 가톨릭으로 개종했다는 것은 이미 알려진 바 있으며 특히 유성호는 "초기의 감각과 중기의 타자 추구가 정신으로 통합되는 드라마와 같다"고 지적하면서도 정지용의 정신주의를 귀족주의라고 명명하고 있다. 그러나 이는 귀족주의라기보다는 고전주의라고 명명하는 것이 더 적절하다. 모더니즘과 고전주의는 상반되는 것이 아니라 인간의 이성을 존중한다는 점에서 서로 상통하는 것이라고 보아야 하기 때문이다. 동시에 정신주의와 귀족주의는 동일시할 수 있는 것이라고 할 수 없다. 그런데 지용시의 전개에서 흥미로운 것은 신앙시편에서도 지용이 가톨릭 신앙을 일방적으로 찬양하는 것은 아니라는 점이다.

「恩惠」,「갈릴레아 바다」,「또 하나 다른 태양」 등의 시편에서는 가톨릭 신앙을 찬양하고 긍정하는 입장이었으나 「불사조」나 「비극」과 같은 작품에서는 생에 대한 태도가 부정적이거나 회의적이다. 특히 1935년에 발표한 「비극」에서는 신앙 자체를 부정하는 것은 아니지만 그의 번민의 이유가 무엇인지 분명히 나타나 있다.

〈悲劇〉의 힌얼골을 뵈인적이 있느냐?

그 손님의 얼골은 실로 美하니라.

검은 옷에 가리워 오는 이 高貴한 尋訪에 사람들은 부질없이 唐慌한다.

실상 그가 남기고 간 자최가 얼마나 좁그럽기에

오랜 後日에야 平和와 슬픔과 사랑의 선물을 두고 간 줄을 알았다.

그의 발옴김이 또한 표범의 뒤를 따르듯 조심스럽기에

가리어 듣는 귀가 오직 그의 노크를 안다.

墨이 말러 詩가 써지지 아니하는 이 밤에도

나는 맞이할 예비가 있다.

일즉이 나의 딸하나와 아들하나를 드린일이 있기에

혹은 이밤에 그가 禮儀를 가추지 않고 오량이면

문밖에서 가벼히 사양하겠다!

　•「비극」전문

　비극이 예의를 갖추고 오지 않으면 문밖에서 이를 사양하
겠다는 것은 이미 그 자신이 이에 대한 예비가 있다는 시적
언술로 보인다. 그 이유는 "일즉이 나의 딸하나와 아들하나
를 드린일이 있기" 때문이라는 것이다. 이 시행이 사실 그대
로라고 단정하는 것은 성급한 일일지 모르지만, 1927년 6월
에 쓴 「발열」이나 1929년 12월에 쓴 「유리창」 등의 시편을
고려할 때 그 나름대로 사실을 담고 있는 진술일 가능성이
크다. 어쩌면 가정형편이 안정되어 갈수록 어려운 시절 제대
로 보살피지 못해 죽은 아이들에 대한 아픔이 되살아났다는
것이 더 적합한 추정일 것이다.

　「발열」에 나오는 아이는 위의 시에서 말하고 있는 딸아이
일 가능성이 있고, 「유리창」에 나오는 아이는 그 후에 일찍
세상을 떠난 아들일 가능성이 있다. 실제로 구관이 1928년
생이니 그 이전에 딸아이가 출산될 수 있다는 판단이 가능하
다. 차남 구익이 1931년생이니 구관 다음에 아들아이가 있
었을 것이라 추정되는데, 그 아들의 죽음이 1929년 12월 「유
리창」의 소재가 되었을 가능성도 있다. 삼남 구인은 1933년
7월 출생이니 1928년생 구관과 1931년 12월생 구익 사이에

아이가 또 하나 있었을 수 있다는 것이다. 연이어 딸과 아들을 둘씩이나 잃었으니 아버지로서 지용의 고통이 얼마나 컸을까는 짐작하고도 남는다. 이 아픔을 지용은 가톨릭에 의지해 어느 정도 극복하려고 했을 것으로 보인다. 그러므로 죽음과 같은 비극이 다가올 때 이제는 예의를 갖추지 않으면 문밖에서 이를 사양하겠다는 시적 진술이 가능한 것이다. 「비극」과 「홍역」은 동시에 발표되었다.

　　石炭 속에서 피여 나오는
　　太古然히 아름다운 불을 둘러
　　十二月밤이 고요히 물러 앉다.

　　琉璃도 빛나지 않고
　　窓帳도 깊이 나리운 대로―
　　門에 열쇠가 끼인 대로―

　　눈보라는 꿀벌떼 처럼
　　닝닝거리고 설레는데,
　　어느 마을에서는 紅疫이 躑躅처럼 爛漫하다.
　　•「홍역」 전문

당시는 홍역으로 인한 유아사망률이 특히 높았던 시기이므로 홍역에 걸린 아이만 보면 이미 죽은 딸과 아들에 대한 생각이 지울 수 없는 상처로 떠오르는 것은 두말할 필요가 없는 당연한 일이었을 것이다. 위의 시에서 마지막 연의 시적 이미지는 「유리창」에 못지않게 선연한 영상을 불러일으킨다. 12월로 표상되는 연말 크리스마스 전후의 분위기와 유행병으로 죽음의 공포가 감돌아 침묵에 사로잡힌 상황에서 난만하게 붉은 철쭉처럼 피어난 홍역의 이미지는 화려하면서도 처절한 것이라고 할 수 있다.

먼 산골 마을에서 벌어지는 이러한 일들이 도회지로 옮겨지면 바로 「유리창」의 이미지로 변형되는 것이라고 해도 과언이 아니다. 처절한 비극적 상황을 시적 이미지로 바꾸어놓는 것이 독창적인 이미지스트로서 지용의 시적 개성이었다.

시적 위상의 확립과 시세계의 심화
—1935년부터 1945년까지

　지용의 시적 위상이 확립된 시기는 첫 시집을 발간한 1935
년부터 일제로부터 광복을 맞이한 1945년까지이다. 자식을
잃는 가족사적인 역경과 종교적 시련을 딛고 지용은 1935년
10월 27일 시문학사에서 첫 시집『정지용시집』을 간행했다.
1935년 봄 김영랑 · 박용철 · 정지용 등은 당시 카프의 맹장
으로서 명성을 날리던 임화가 병석에 누워 있다는 소문을 듣
고 병문안을 갔다. 정지용 등 세 사람은, 카프 해산과 폐병의
심화라는 두 가지 고난이 겹쳐 병들어 누운 임화를 보고 돌
아오면서 사람이란 언제 죽을지 모른다는 인식을 함께 하게
된 것으로 보인다.

　이런 무상감이 계기가 되어 그들은 무엇보다 먼저 각자의
시집을 내자고 합의하고 우선 지용과 영랑의 시집을 발간하
자고 했다고 한다. 그 가운데 지용 시집을 가장 먼저 서둘러

출간한 것이다.[46] 『정지용시집』간행 직후인 11월에는 『永郎詩集』이 발간되었는데 이는 물론 당시의 문단적 명성을 고려한 것이기도 하다.

『시문학』을 주도했던 박용철이 앞장서서 자신이 발간비를 부담하는 것은 물론 정지용의 발표작을 다시 찾고 순서를 정하는 등 그 작업을 주도적으로 추진하였다. 한 권의 시집으로 비교적 많은 분량이라고 할 수 있는 『정지용시집』에는 89편의 시가 다섯 부분으로 나뉘어 수록되어 있다. 박용철은 발문에서 그 다섯 부분의 분류에 대해 다음과 같이 설명하고 있다.

제1부 카톨릭 개종 이후의 시 「바다」 외 15편
제2부 초기 시편들 「오월소식」 외 38편
제3부 자연동요의 풍조를 그대로 띤 동요류와 민요풍시 「해바라기 씨」 외 22편
제4부 신앙과 직접 관계된 시 「불사조」 외 8편
제5부 소묘 제목의 산문(또는 산문시) 「람프」 외 1편

지용시를 이렇게 분류한 박용철은 "그는 한군데 自安하는 시인이기보다 새로운 詩境의 開拓者이려 한다"고 말하고 있다. 이는 위의 분류가 지난 10년 동안의 지용의 시적 변모를

의도적으로 반영한 것이었음을 말해준다. 「바다 1」과 「바다 2」를 제1부에 배치하고 다시 제2부에 「바다 1」, 「바다 2」, 「바다 3」, 「바다 4」, 「바다 5」를 배치한 것은 제2부의 시편보다 후에 씌어진 제1부의 시편들을 박용철과 지용이 높이 평가하고 있었음을 보여주는 실례이기도 하다.

정지용은 첫 번째 시집 『정지용시집』으로 시인으로서의 위상을 확립해 명성을 얻었으며, 여기에 머무르지 않고 불혹의 나이를 극복하려는 시적 노력을 더해 제2시집 『백록담』을 통해 자기 세계를 심화시켰다. 이런 시적 성과를 보인 정지용의 두 시집은 상호보완적인 의미에서 한국 현대시사에서 중요한 문학사적 의미를 갖는다.

『정지용시집』의 간행과 더불어 카프 계열 문사들의 비판에도 불구하고 지용은 1930년대 한국시단의 중심부에 확고한 위치를 차지하게 된다. 지용시에 대한 긍정적 평가를 보인 대표적인 평자가 이양하와 최재서이다. 지용을 "천재를 지닌 시인"이라고 규정한 이양하는 다음과 같이 썼다.

우리는 이제 여기 처음 다만 우리 文壇 有史以來의 한 자랑거리가 될 뿐 아니라, 온 世界文壇을 向하야 「우리도 마츰내 詩人을 가졌노라」하고 부르지즐 수 잇을 만한 시인을 갓게 되고 또 여기 처음 우리는 우리 朝鮮말의 無限한 可能

性을 具體的으로 알게 된 것이다. 엇지 우리 文壇을 爲하야 기쁜 일이 아니며, 쏘 우리가 참으로 感謝하여야 할 爀爀한 功績이라 아니할 수 잇스랴.[47)]

한국 현대시사에서 일찍이 어떤 시인도 이러한 평가를 들어보지 못했을 찬사이다. 지용은 이러한 찬사에 힘입어 1930년대 한국의 대표적인 시인으로 자리매김하게 된다. 지용이 '시인 중의 시인'이라고 불리게 된 이유는 언어적 자각에 의해 남다른 빛을 발했던 감수성에서 기인한다. 한국어의 미감을 극대화시킨 지용의 언어구사는 때때로 언어의 발굴과 변형을 가하면서 말이 시가 되고 시가 말이 되는 당대 최상의 수준에 도달하였다.

정지용 씨의 시의 인기는 오늘에 있어서도 대단하다. 더욱이 앞으로 시를 쓰려는 사람들이 의례히 정지용 시집을 공부하는 것을 우리는 알고 있다. 그리고 그들은 이구동성으로 그의 조선말을 歎賞한다. 그리고 그의 언어적 우수성이라는 것은 두 가지 요소를 포함하고 있다. 하나는 그가 우리들이 잘 모르는 순수한 조선말의 어휘를 많이 알고 있다는 점, (그는 말을 많이 알고 있을 뿐만 아니라 보통한 말의 어원에 대해서도 놀랄만한 지식을 갖고 있다) 또 하나는 그의 손에 들어갈 때 조선말은 참으로 놀랄만한 능력을 발휘한다는 두 가지 요소가 그의 시적 措辭의 매력을 구성하고 있다. 그리고 이 둘째 요소는 그의 시의 생명이 다시피 되어 있다. 사실 그의 시를 읽은 사람이면 조선말에도 이렇게 풍부한 혹은 미묘한 표현력이 있었던가, 한번은 의심하고 놀랄 것이다.[48]

이양하와 최재서를 비롯한 수많은 비평가들의 격찬과 독자들의 열띤 반응으로 지용의 시집은 1930년대 시인 지망생들에게 살아 있는 전범이 되었다. 지용의 시가 보여준 범례가 있기 전까지 한국의 시인 지망생들은 그들이 구사하던 한국어가 이처럼 참신하고 놀라운 시적 미감을 가진 언어였다는 걸 깨닫지 못했던 것이다. 지용의 시와 시적 언어에 대해 이렇게 엄청난 반향을 일으키게 한 것이 바로 『정지용시집』이었다. 정지용 시에 대한 강력한 비판자였던 카프의 대표자 임화조차도 자신의 시 도처에서 자기도 모르게 지용시의 일부를 차용 또는 변용시켜 응용하고 있다는 점은 이러한 사정을 알려주는 단적인 예가 될 것이다.[49]

『정지용시집』에 대한 반향이 너무 컸던 탓인지 지용은 시집 간행 이후 한동안 침잠의 시기를 보낸다. 자신의 시를 밀어나갈 시의 중심이 잘 잡히지 않았기 때문일 것이다. 한동안 지용은 시에 전념하기보다는 여행기나 시평 등의 산문을 많이 발표했다. 1936년 3월 '구인회'의 동인지『시와소설』에 「유선애상」을 발표하고『조선일보』에 산문「수수어」를 연재하는 정도에 머무른 것이 당시의 상황이다. 「유선애상」은 참신한 시를 써보려는 지용의 적극적 의욕을 보여주는 시이지만 지나치게 의욕적인 까닭에 후일 다양한 해석이 제기된 시이다. 이 시에 대해 비평가나 연구자의 각양각색 이견이 제시되어 결론에 이르지 못하고 있는 것은 작품의 우수성보다는 그 모호성 때문이 아닐까 한다.

생김생김이 피아노보담 낫다.
얼마나 뛰어난 燕尾服맵시냐.

산뜻한 이 紳士를 아스빨트우로 꼰돌라인듯
몰고들 다니길래 하도 딱하길래 하로 청해왔다.

손에 맞는 품이 길이 아조 들었다.
열고보니 허술히도 半音키-가 하나 남었더라.

줄창 練習을 시켜도 이건 철로판에서 밴 소리로구나.
舞臺로 내보낼 생각을 아예 아니했다.

애초 달랑거리는 버릇 때문에 궂인날 막잡어부렸다.
함초롬 젖어 새초롬하기는새레 회회 떨어 다듬고 나선다.

대체 슬퍼하는 때는 언제긴래
아장아장 팩팩거리기가 위주냐.

허리가 모조리 가느래지도록 슬픈 行列에 끼여
아조 천연스레 굴든게 옆으로 솔쳐나자―

春川三百里 벼루ㅅ길을 냅다 뽑는데
그런 喪章을 두른 表情은 그만하겠다고 꽥― 꽥―

몇킬로 휘달리고나서 거북 처럼 興奮한다.
징징거리는 神經방석우에 소스듬 이대로 견딜 밖에.

쌍쌍이 날러오는 風景들을 뺨으로 헤치며
내처 살폿 엉긴 꿈을 깨여 진저리를 쳤다.

어늬 花園으로 꾀여내어 바눌로 찔렀더니만
그만 胡蝶같이 죽드라.
 •「유선애상」 전문

『정지용시집』을 간행한 다음해인 1936년 3월 모더니즘을 표방한 구인회의 유일한 동인지 『시와소설』이 창간되었는데, 지용은 이 창간호에 「유선애상」을 발표했다. 발표 당시의 제목은 「流線型哀傷」이었으나, 나중에 시집 『백록담』에는 「유선애상」이라 바뀐 제목으로 실려 있다.

이 시는 지용이 감각적 반란성을 과시한 탓인지 많은 해석상의 논란거리가 되고 있다. '유선형 자동차'(유종호), '악기'(신범순), '오리·자동차'(이숭원), '자동차'(황현산), '담배 파이프'(이근화), '곤충의 일종'(김명리) 등 논자마다 그 해석을 달리하고 있다.[50] 유종호의 '유선형 자동차'에 이어 황현산이 '자동차'로 해석한 뒤 상당수 연구가들이 이에 동조하고 있으나, 최근 권영민이 '자전거'라는 설을 제기해[51] 「유선애상」을 둘러싼 학계의 논쟁은 쉽게 끝나지 않을 것 같다.

다만 이와 같이 엇갈리는 논란이 제기되는 것은 「유선애상」이 시적 명증성을 확보하고 있지 못하다는 것을 뜻하며, 이 점에서 이 시가 작품으로서 완성도가 높은 것이라고 말하기는 어렵다. 이 시를 애매모호성의 한 타입으로 보아 시의 모더니티를 확보한 선구적 성과로 평가할 여지가 충분하지만, 단순한 추정에 의해 시의 해석을 시도하는 데 따른 위험성도 고려되어야 할 것이다.

1936년 6월 「아스팔트」, 「노인과 꽃」, 「파라솔」 등을 발표하였는데, 발표 당시는 산문이라 하였으나 시집 『백록담』에는 그대로 수록된 것으로 보아 지용은 이들 시편을 통해 산문시를 실험해본 것이 아닌가 짐작된다. 1936년 12월 종로구 재동에서 오남 구상이 출생하였다. 1937년 5월 북아현동 자택에서 부친이 사망해, 충북 옥천군 수북리에 안장했다. 이곳에 아직 아버지의 묘지가 있으나 아들인 지용의 묘는 이 고향의 선산에 자리잡지 못했다.

1937년 국내외 상황은 더욱 악화되었으며, 6월에는 수양동우회 구속 사건, 7월에는 노구교 사건으로 중일전쟁이 발발하였으며, 11월에는 남경학살 사건이 발발했다. 지용은 '종로구 재동' 집에서 '서대문구 북아현동 1의 14'로 이사하였으며, 8월에는 오남 구상이 돌도 되기 전에 병사하였다. 이로 보면 지용은 세 아이를 질병으로 잃은 것이며, 「비극」에서 말한 죽음의 그림자가 그의 자녀들에게 드리워졌음을 남다르게 의식하고 있었을 것이라는 가정은 가정이 아니라 사실로서 실감 있게 느껴진다. 1937년 6월과 8월 사이 지용은 1935년과 유사하게 산문적인 글들을 발표하였다. 이는 여러 사정으로 인한 정신적 흔들림의 표현이자 새로운 형식의 탐구라는 이중적 의미로 이해된다. 1937년 6월 9일 『조선일보』에 「수수어」를 발표했는데, 지용은 여기에 「비로봉」과

「구성동」을 소개하면서, 「옥류동」과 이 세 편을 죽도록 애써 기록하였으나 박용철이 「옥류동」을 분실해 이 두 편을 게재한다고 밝히고 있다. 아마도 이 세 편은 금강산 등반 이후 쓴 것이며, 지용 나름으로도 상당한 역작이라 자부하였음을 위의 진술로 알 수 있다. 지용이 최초로 쓴 「비로봉 1」은 이미 앞에서 소개하였고 두 번째 「비로봉」은 지용이 적어도 두 번 금강산 비로봉에 올랐었다는 것을 알려준다. 그런데 문제가 되는 것은 지용이 언제 금강산에 올랐는가 하는 것이다. 그 단서가 되는 지용의 산문 「수수어」의 일부를 인용해보면 다음과 같다.

　한해 여름 팔월 하순 닥아서 금강산에 간적이 잇섯스니 남은 고려국에 태어나서 금강산 한번 보고지고가 원이라고 일른 이도 잇섯거니와 나는 무슨 복으로 고려에 나서 금강을 두 번이나 보게 되엇든가
　한 더위에 집을 떠나온 것이 산우에서는 이미 가을 기운이 몸에 스미는 듯하더라. 순일을 두고 산으로 골로 돌아다닐제 어든 것이 심히 만헛스니 나는 나의 해골을 조찰히 골라 다시 진히게 되엇던 것이다.[52]

박용철과 함께 동행한 것으로 여겨지는 이 금강산행을 통

해 지용이 시인으로 새로운 깨달음을 얻었을 것이라는 심증을 그의 글 곳곳에서 엿볼 수 있다. 특히 이 산행을 통해 「비로봉」과 「구성동」 그리고 「옥류동」 등의 시편을 쓰게 되었다는 것은 주목할 만한 성과라고 하겠다. 이 산문의 발표 시점을 고려해 지용의 금강산행 시기를 추정해보면 1936년 8월 하순경이 가장 신빙성 있는 정황 근거를 가진 시기이다. 박용철이 『청색지』 창간을 시도한 것은 1936년 9월경이며 그것이 무산된 것이 1937년 1월이었으니, 1936년 8월 하순 무렵은 박용철과 지용이 새로운 시전문지 『청색지』 발간을 위해 여러 가지 의논을 하였을 것이며, 그 발간을 새로이 도모하기 위해 금강산을 함께 등반하고 오자고 박용철이 먼저 권유했을 가능성이 크다. 새로운 시전문지를 창간하기 위해서는 지용의 도움이 절대적으로 필요하다고 판단한 것은 박용철이었을 것이며, 두 사람의 뜻을 하나로 모아 각오를 다지기 위해 함께 등반하고 난 다음 그 대표작 중 하나인 「옥류동」을 『청색지』를 창간하고자 했던 박용철이 가져갔을 것으로 짐작된다. 박용철이 실수로 이를 제대로 챙기지 못해 잃게 되자 지용이 위와 같은 글을 쓰게 되었을 것이다. 잃어버린 작품에 대한 지용의 미련이 컸다고 하지만 「구성동」 역시 그 어느 것에 비해도 뒤지지 않을 만큼 완결성을 지닌 뛰어난 시이다. 산수시의 극점에 도달한 것으로 평가되는 「구성동」에 대해 좀더 검토해보기로 하자.

골작에는 흔히
유성이 묻힌다.

黃昏에
누뤼가 소란히 싸히기도 하고,

꽃도
귀향 사는곳,

절터ㅅ드랬는데
바람도 모히지 않고

山 그림자 설핏하면
사슴이 일어나 등을 넘어간다.
　•「구성동」 전문

　이 작품의 묘미는 인간과 자연의 깊은 조응에 있다. 이른
바 한시에서 말하는 '정경교융'(情景交融)의 지점까지 나아
간 것이 이 시라고 할 것이다. 김종길은 이 시가 '자연고묘'

(自然高妙)에 도달한 작품이라 높이 평가한 바[53] 있다. 이 시에서 특히 마지막 시구인 "山 그림자 설핏하면/사슴이 일어나 등을 넘어간다"는 표현은 정(情)과 경(景)이 하나로 밀착하는 고도의 시적 상승의 경지를 보여준다. 우리는 금강산과 같은 절경에서 인간과 자연이 혼연일체된 소감을 경험하지 않고서는 쉽게 포착되지 않는 정경을 여기서 목격할 수 있는 것이다.

정중동의 한 순간의 포착에 대해 김용희는 "정지된 시적 풍경의 아득함은 단순함의 극치 속에서 존재의 아득함에 닿게 한다. 경계가 아득하게 사라지는 먼 곳을 현시해냄으로써 정신적인 추구의 극치를 보여준다"[54]고 지적하고 있다. 이 시에서 정지의 순간은 그대로 움직임의 순간으로 통해 정경 교융의 극적인 순간을 연출해냄으로써 서정시가 언어로 포착할 수 있는 한 극단을 보여준다. 이 지점에 도달한다면 인간과 자연은 이미 분리된 타자가 아니라 혼연일체된 하나이다. 지용은 실제로 금강산을 등반할 때 이와 유사한 순간을 경험했음을 다음과 같이 그의 산문에서 밝히고 있다.

감기가 들까 염려가 되도록 찬물에 조심조심 들어가 목까지 잠그고 씻고 나서 바위로 올라가 청개고리같이 쪼그리고 앉으니 무엇이 와서 날큼 집어삼킬지라도 아프지도 않을 것같이 靈氣가 스미어 든다. 어느 골작에서는 곰도 자지 않고 치어다보려니 가꾸로 선듯 위태한 산봉오리 위로 가을 銀河는 홍수가 진 듯이 넘쳐흐르고 있다.

산이 하도 영기로워 이모 저모로 돌려 보아야 모두 노려 보는 눈같고 이마같고 가슴같고 두상 같아서 몸이 스스로 벗은 것을 부끄리울 처지다. 한편으로 생각하면 진정 발가 숭이가 되어 알몸을 내맡기기는 이곳에설가 하였다.[55]

위의 글에서 지용이 표현한 그대로 계곡물에 들어가 땀에 젖은 몸을 씻고 바위 위에 쪼그리고 앉으니 계곡과 산봉우리의 영기가 스며들어 진정 발가숭이로 알몸을 내맡기고 싶은 충동을 느낀다는 것은 정신과 육체가 하나가 됨은 물론이고 인간과 자연이 하나가 되는 지점까지 나아갔음을 뜻하는 것이다.

그런데 흥미로운 것은, 위의 글에서 「옥류동」을 박용철이 가져갔다가 분실했다고 지용이 안타까워했는데 이 시가 1937년 11월 『조광』 제25호에 발표된 것이다. 이는 난산을 거듭하던 『청색지』가 창간되기 전 이 시를 되찾았을 수도 있으며 처음 시를 잃어버리고 다시 세 번째 산행 이후 다시 「옥류동」을 고쳐 썼을 가능성도 있다. 왜냐하면 「옥류동」에서 제2연의 "폭포 소리 하잔히/봄우뢰를 울다"라는 표현은 그

배경이 이른봄이라 여겨지는데, 후반부에 '귀또리'가 등장한
것으로 보아 이 시가 가을을 배경으로 한 것으로도 느껴지기
때문이다.

　　골에 하늘이
　　따로 트이고,

　　瀑布 소리 하잔히
　　봄우뢰를 울다.

　　날가지 겹겹히
　　모란꽃닢 포기이는듯.

　　자위 돌아 사폿 질ㅅ듯
　　위태로히 솟은 봉우리들.

　　골이 속 속 접히어 들어
　　이내〔晴嵐〕가 새포롬 서그러거리는 숫도림.

　　꽃가루 묻힌양 날러올라
　　나래 떠는 해.

보라빛 해ㅅ살이
幅지어 빗겨 걸치이매,

기슭에 藥草들의
소란한 呼吸!

들새도 날러들지 않고
神秘가 한끗 저자 선 한낮.

물도 젖여지지 않어
흰돌 우에 따로 구르고,

닥어 스미는 향기에
길초마다 옷깃에 매워라.

귀또리도
흠식 한양

옴짓
아니 긴다.
 •「옥류동」전문

「옥류동」에는 지용이 조탁한 낯선 시어들 "하잔히", "날가지", "자위돌아", "숫도림" 등의 시어들이 선보이면서 금강산의 신비경이 유감없이 표현되어 있다. 지용은 「구성동」보다는 「옥류동」에 더 애착을 가지고 있었던 것으로 판단되는데, 「구성동」이 한 순간의 변화를 포착한 것이라면, 「옥류동」은 시적 전개에 있어서 시간과 장면의 폭을 훨씬 확장시켜 묘사함으로써 시적 스케일을 보여주기 때문이 아닌가 한다. 지용은 이 「옥류동」을 병석에 있는 박용철에게 문안 가서도 낭음하였고, 한학의 대가이자 시조시인이기도 한 정인보에게 가서도 이에 대해 말했던 것 같다. 이러한 연유로 정인보는 지용의 「옥류동」 시에 화답하는 한시를 남기고 있다.

옥류동, 아 그 어떠하더뇨
맑은 물 찰랑이는 계곡에 숲그림자 따르는구나
하얀 바위 비단같고, 물방울 구슬같은데
비단 위로 흐르는 물구슬에 비단은 젖지 않네
괴로움을 기이함으로 뒤바꾼 정지용
산에 올라 혼자 앉았다가 산을 내려 누었어라
발끝 쫓아 아득히 들어가도 오히려 어리둥절
가을밤을 울고 있는 龍子는 어디에 있는가
차가운 달빛이 숲을 꿰뚫고 바위문에 다다르니

만산이 쫓아와서 소리치는듯 하네
무심하게 취하면 경치는 그대를 따르지만
부디 권하노니 붉은 단풍잎까지 따지는 말게나

玉流之洞天如何

粼粼度谷林影亞

白石如練永如珠

珠走練上練不涴

以苦易奇鄭芝溶

上山獨坐下山臥

躎進杳杳到猶疑

何處龍子吟秋夜

寒月穿林到巖扃

萬山終之似有聲

無心逼取境隨女

勸君莫折楓葉稹[56]

　정인보 자신도 금강산을 소재로 해 연작 시조를 쓴 바 있
는데, 정지용의 「옥류동」 시에 화답해 위의 한시를 남기고
있다. 이렇게 정인보가 지용의 시에 화답했다는 것은 한편으
로는 그만큼 지용의 「옥류동」을 높이 평가했다는 뜻이기도

하고 다른 한편으로는 두 사람의 친분이 매우 깊었음을 뜻하기도 한다. 당시 지용의 문단적 위치로 보아 그가 자신의 작품을 이렇게 남들 앞에 내세운다는 것은 흔치 않은 일이었을 것이라고 짐작된다.

1938년 2월 일본은 육군 특별▮▮▮▮▮▮▮ 공포했고, 3월 독일군은 오스트리아에 진주했으며, 6월 조선총독부는 각 군에 근로보국대를 조직하라고 지시했다. 또한 1938년 5월에는 지용의 문학적 동지라고 할 수 있는 박용철이 병고에 시달리다가 후두결핵으로 타계했는데, 이 일이 지용에게 커다란 정신적 충격을 주었음은 몇몇 기록에 잘 나타나 있다.

수화기에서 앵앵거리는 소리로 즉시 그 사람인 줄 알았으며

『아 언제 왔던가 ? 그래 춘부장 환후는 쾌차하신가? 근데 자네 전화는 어디서 거는 것인가?』

『나왔다 거는 것인데, 아버지 병환이 몹시 위중하시다가 겨우 돌리신 것 뵙고 왔네.』

『여보게, 하여간 있다가 자네 댁에 감세 저녁때 감세.』

(……)

『이 사람이 이 解冬 무렵을 고이 넘기어야 할 터인데……』 중얼거리기도 하며 발걸음을 홀로 옮기던 것이

었다.[57]

1938년 2월 17일 『조선일보』에 발표된 위의 글에서 지용이 병후를 걱정하고 있는 사람은 박용철이다. 여기서 말하는 춘부장은 박용철의 부친 박하준이라 짐작된다. 아버지의 병환으로 1938년 1월 고향에 갔던 박용철은 오히려 자신의 병세가 위중해 급히 상경해 세브란스 병원에서 진단을 받고 나오던 길에 지용에게 전화를 걸었던 것이다. 어떻든 이 글에 사람 이름은 구체적으로 거명되고 있지 않지만 병문안 간 화자와 병인이 서로 시를 바꾸어 읽으며 마치 자기가 한 일인 양 즐거워했다는 것을 보면 양자가 매우 친밀한 관계라는 사실을 알 수 있다. 화자가 병인에게 양력 새해 첫날 금강산 만물상에 올랐다가 옥류동의 눈을 밟고 온 다음 쓴 것이라고 한 시는 「옥류동」이라고 여겨진다. 그리고 여기서 병인은 다름 아닌 금강산을 함께 등산한 적이 있는 박용철이며 그의 시는 「萬瀑洞」일 가능성이 높다. 「만폭동」은 박용철이 1938년 4월 『삼천리문학』에 공식적으로 발표한 마지막 작품이다. 아마 박용철은 병중에서도 마지막 역작이라 느껴지는 이 시에 대해 상당한 애착을 가지고 가다듬고 있었을 것이다.[58]

　　백만 소리속에

너는 또 그속 고요를 지켜

털끝만한 움직임
웃어보임 없으나

영원한 너의 멜로디로
너는 흔들리우고

그윽한 우슴
네 모습에 풍기어 난다

(……)

形象을 짓지 않는다
너는 통이 情神

너는 부드럽고
너는 자랑없다
•「만폭동」 일부

박용철의 시 중에서는 비교적 긴장의 밀도가 느껴지는 작품이다. 아마 금강산을 지용과 등산했을 때 함께 만폭동을 보았을 것으로 짐작되는데, 만폭동에서 폭포의 요란한 소리가 아니라 소리 없는 고요를 보았다는 것이 이 시의 묘미이며, 거기서 형상을 짓지 않는 정신의 실체를 직관했다는 것이 이 시의 장점이다. 부드럽고 자랑스러운 정신의 실체는 박용철의 문학적 동지인 지용이 추구하는 세계이기도 했던 것이다. 『시문학』 창간호에 게재되어 박용철의 대표작으로 알려진 「떠나가는 배」(1930)가 들뜬 열정의 시라면 「만폭동」은 한층 정제된 관조의 시라고 할 것이다. 여기서 두 사람은 문학적으로 의기투합했을 것이다. 이러한 행복한 만남이 박용철의 죽음 직전에 이루어졌다는 것은 그들에게 매우 아쉬운 일이었다고 하겠다.

중환자를 오랜만에 병문안 갔던 지용도 손님 대접으로 내온 술을 혼자 마신 탓에 약간의 취기가 도는 가운데 병인을 즐겁게 해주기 위해 이 작품을 낭음해주었을 것이라 짐작된다. 그 단서의 일부를 다음 부분에서 찾을 수 있다.

훈훈히 더워 오는 몸에 나는 그 사람을 중환자라고 헤아릴 것을 잊고, 그 사람 역시 나를 실없지는 않은 떠벌이로 여기고 하는 터이므로 그날 밤에도 양력 초하룻날 아침에 만물상에를 오른 자랑이며 玉流洞 눈을 밟고 온 이야기를

신이 나서 하였던 것이다.

皆骨山 눈을 밟으며 읽어온 시를 풍을 쳐가며 낭음해 들리면 자기가 한 노릇인양으로 좋아하던 것이었다.

일어나 나오는 길에 정황 없는 중에도 대문까지 나와 보내며

『학교에서 나오는 길에 자주 좀 들리게.』

그 소리가 전보다도 힘이 없어 가라앉은 소리였음에 틀림없었다.[59]

물론 지용은 이때 박용철의 병이 심화되었음은 알았지만 그것이 죽음에 이를 정도로 위중한지는 몰랐던 것으로 보인다. 박용철이 타계한 것은 이 만남이 있고 난 다음 불과 3개월 정도가 지난 1938년 5월 12일이다. 어떻든 이 부분에서 분명히 할 것은 화자인 지용이 양력 초하룻날 만물상에 올라간 일의 사실 여부와, 그 시점이 언제인가 하는 것이다. 이처럼 부친의 병치레와 자신의 신병이 위중한 박용철이 함께 동행하기는 어려웠을 것이다. 그렇다면 지용이 누군가 다른 사람과 동행했을 가능성도 있다. 박용철은 지용이 만물상에 올라갔다가 옥류동 눈을 밟고 온 내용의 시를 낭음하는 것을 듣고 마치 자기가 산에 오른 것처럼 즐거워했다는 것이다. 앞뒤의 문맥을 고려할 때 지용이 만물상에 오른 그 시점은

1938년 초하룻날이 아닌가 한다. 이렇게 본다면 지용은 1936년 가을 박용철과 함께 금강산에 간 것을 포함해 세 번 금강산을 다녀왔다고 추정할 수 있다. 왜냐하면 1936년 8월 하순은 1937년 6월 9일자 지용의 글 「수수어」에 분명히 밝히고 있기 때문이다. 그 첫 번째 금강산행은 처음 비로봉에 대해서 쓴 시 「비로봉」을 통해 살펴볼 때 1933년 이전일 것이며, 두 번째는 1936년 8월 하순이다. 어떻든 지용의 절대적인 문학적 동지였던 박용철은 35세의 나이로 타계했다. 박용철의 타계는 지용에게는 커다란 문학적·인간적 손실이었을 것이 분명하다.

이런 문단적 일들을 겪으면서 지용은 가톨릭 재단에서 주관하는 잡지 『경향』의 편집을 돕는 한편 1936년 6월에 「명수대」, 「진달래」 등의 소곡을 『여성』 27호에 발표하며 몇 편의 블레이크 번역시와 산문들을 선보였을 뿐이다. 지용으로서는 침잠의 시기이며 견디기 어려운 시련기였을 것이다. 1938년 8월 『청색지』 2호에는 「비로봉」과 「구성동」이 다시 게재되는데, 이는 산문 「수수어」 속에 소개된 시를 독립시켜 발표한 것으로 보인다.

박용철이 타계한 이후 지용과 김영랑은 매우 긴밀한 관계를 유지한다. 지용은 6월 말에서 7월 초 강진에 있는 김영랑 집을 방문해 제주도 여행을 함께 떠났다. 그해 8월 「여창단

신」이란 제목으로 발표된 지용의 산문「南遊」는 이러한 전후
사정을 밝혀주고 있다. 이들의 여행은 아마도 지인을 잃은
슬픔을 서로가 위로하고자 하는 의도에서 이루어진 것으로
짐작된다. 1938년 6월 5일에 지용이 발표한 산문「逝往錄
上」에 전후 사정이 기술되어 있다.

> (……) 그 이튿날 바로 집으로 왔으나 몸도 고단하고
> 하여 이제사 두어자 적습니다. 시비와 유고집 내일 것은
> 그날 산상에서 박군의 춘부장께 잠간 여쭈었더니 좋게 여
> 기시는 것이었고 시비는 소촌 앞 알맞은 곳으로 보아두었
> 으나 경비가 불소할 모양이오며 하여간 유고집만은 원고
> 를 가을까지는 정리하시도록 일보와 잘 상의 하시기 바랍
> 니다. (……) 여름에는 한라산까지 배낭지고 꼭 함께 동
> 행하실 줄 믿습니다. (……)[60]

이 부분은 지용이 자신의 글에 소개한 김영랑의 편지의 일
부이다. 여기서 우리는 박용철의 전집 발간과 시비 건립 문제
가 두 사람 사이에 깊이 논의되는 동시에 여름에 한라산 등반
계획이 함께 논의되고 있음을 엿볼 수 있다. 실제로『박용철
전집』제1권 시집이 1939년 5월 5일에, 그리고 1940년 5월
에『박용철전집』제2권이 발간된 것은 이 두 사람의 논의가

구체화된 것이다. 물론 여기서 중요한 것은 지용과 김영랑의 한라산 등반이다. 금강산 등반 이후 시적 진경을 보인 지용은 아마도 한라산 백록담을 직접 가보고 싶었을 것이다.

한라산을 등반하고 난 다음 김영랑과 지용은 한층 더 깊은 문학적 동지가 되었다고 해도 과언이 아니다. 지용은 1938년 9월과 10월 『여성』 29호에 「시와 감상·상—김영랑론」을 쓰고 『여성』 30호에 「시와 감상·하—김영랑론」을 써서 휘문학교 1년 선배이자 『시문학』 동인 김영랑의 시에 대해 심도 있는 논의를 전개한다. 이는 박용철의 타계로 인해 본인이 직접적으로 평필을 들어 그들 자신의 문학을 옹호해야 할 필요를 느꼈기 때문일 것으로 여겨진다. 지용의 영랑론은 김영랑 시에 대한 본격적인 비평이자 지용 자신의 시관을 은밀히 드러냈다는 점에서 주목할 만한 비평이다. 이는 또한 박용철의 타계로 인해 생긴 자리가 지용에게 크게 느껴지고 있는 일단의 심정적 단서라 볼 수 있다. 지용을 박용철에게 소개한 것이 김영랑이었다는 것을 상기한다면 이들의 우정은 새삼스러울 것도 없는 일이다.

시의 高德은 관능감각이상에서 빛나는 것이니 우수한 시인은 생득적으로 艶麗한 생리를 가추고 있는 것이나 마침내 그 생리를 밟고 일어서서 인간적 감격 내지 정신적 고양의 계단을 올으게 되는 것이 자연한 것이오 필연한 것이다. 시인은 평범하기 일개 시민의 피동적 의무에서 특수할 수 없다. 시인은 근직하기 실천 윤리 전공가 修身 교원의 능동적인 점에서도 제외될 수 없다 혹은 수신 교원은 실천과 지도에 孜孜함으로 족한 교사일런지 모르나 시인은 운율과 희열의 제작의 불멸적 선수가 아니면 아니된다. 시인의 운율과 희열의 제작은 그 동기적인 점에서 그의 비결을 공개치 아니하나니 시작이란 언어 문자의 구성이라기보담도 먼저 성정의 참담한 연금술이오 생명의 치열한 조각법인 까닭이다. 하물며 설교 훈화 선전 선동의 비린내를 감초지 못하는 詩歌유사문장에 이르러서는 그들 미개인의 노골성에 아연할 뿐이다. 거윽히 시의 Point d'appui(策源地)를 고도의 정신주의에 두는 시인이야말로 시적 上智에 속하는 것이다.[61]

관능감각 이상에서 시의 고덕이 빛난다는 것은 쾌락에 머물고 마는 음일(淫逸)적 시들에 대한 분명한 비판이다. "시인은 운율과 희열의 제작에 불멸적 선수"가 되어야 한다고 하면서도 "설교 훈화 선전 선동"을 감추지 못하는 "시가유사문장"에 대해서도 비판적으로 언급하고 있다. 여기서 한 걸음 나아가 "고도의 정신주의"에 시의 근원을 둔 시인이야말로 "시적 上智"에 속한다고 말하고 있다. 이러한 지적은 당시 문단에서 유행하던 퇴폐적인 시들과 프로 문학적 시가류에 대한 엄정한 비판이라고 보아야 할 것이다. 정지용이 주장한 정신주의는 감각이나 기교를 넘어서서 가톨릭에의 귀의, 그리고 가족사적 비애를 극복해 새로운 시경을 개척해 나가고자 한 지용 자신의 시적 지향점이라는 점에서 깊이 음미되어야 할 부분이다.

이런 상황에서 지용에게는 또 다시 문단적으로 자신의 입지를 확고히 할 계기가 마련된다. 1939년 2월 발행인 김연만, 주간 이태준, 그림 길진섭·김용준 등이 담당, 참여해 종합문예지『문장』이 창간되었다. 세련된 잡지 편집과 내용도 좋지만『문장』이 내외의 관심을 모으게 되었던 더 근본적 동기는, 신인추천제도가 당시 문학 지망생들에게 뜨거운 선망의 대상이 되었던 데 있었다.『문장』제2호에 사고를 내고 제3호부터 신인을 추천하기 시작했는데, 특히 소설에 이태준, 시에 정지용, 그리고 시조에 이병기가 신인 추천위원으로 전면에 나섰다는 것이 문단의 반응을 촉발시키는 주요 요인이 되었다.『문장』을 통해 정지용의 추천으로 등단한 시인들은 조지훈·김종한·이한직·김수돈·박두진·박목월·박남수 등인데, 이들이 모두 해방 후 시단의 중심 인물이 되었다는 점에서『문장』지의 신인 추천은 성공적이었을 뿐만 아니라 문학사적으로도 의미를 갖는 것이다.

특히 박두진 · 박목월 · 조지훈은 합동시집 『청록집』(1948)을 해방 후 간행해 한국서정시의 전통을 잇는 중요한 시사적 위상을 차지하게 되는 시인들이다. 또한 이들을 배출한 활동무대로서의 문학지 『문장』이 문단에서 차지하는 위치도 그에 뒤따르는 것이어서 『문장』지와 지용의 관계는 시사적 사건이라 할 만큼 특기할 만한 것이다. 지용은 단순히 추천만 한 것이 아니라 날카로운 추천평을 부기함으로써, 이것이 신인의 시적 역량은 물론 그들의 시작 방향까지 가늠하는 하나의 기준이 되는 전범을 마련해놓았다. 이 시절 지용의 인간적 면모는 김환태에 의해 다음과 같이 묘사된다.

그는 사교의 왈패군이다. 사람에 섞이매 눈을 본 삽살개처럼 感情과 理智가 방분하여, 한 데 설키고 얼키어 폭소, 냉소, 재담, 해학, 경귀가 한 목 쏟아진다. 이런 때 그는 남의 言動과 感情을 돌아볼 겨를이 없다. 이에 우리는 그에게서 感情의 무시를 당하는 일도 없지 않으나, 연발해 나오는 爆竹 같이 찬란한 그의 담소 속에 恍惚하게 精神을 빼앗기고야 만다.[62]

남의 사정을 돌보지 않고 지용이 쏟아대는 폭죽같이 찬란한 담소는 듣는 이를 즐겁게 하였을 것이나 지적당하는 당사자는 피하기 어려운 독설이었을 것이다. 때로 지용은 달랑대기도 하였을 것이며 촐싹거리기도 하였을 것이다. 이 모든 재담과 해학과 경구들은 그의 인간적 천진성과 날카로운 통찰에서 우러나온 것이라 할 수 있다.

이 시기에 지용은 『문장』지의 추천위원으로서뿐만 아니라 자신의 시도 적극적으로 발표하게 되는데 1930년대 후반에 새로운 시적 모색을 도모하던 지용의 중요한 시편들은 거의 이 잡지에 발표되었다. 특히 김영랑과 한라산 등반 이후에 씌어진 것으로 보이는 「백록담」, 「춘설」 등의 시편을 1939년 4월 발표하였는데, 이 시들은 「장수산 1」, 「장수산 2」 등의 작품에 뒤이은 것으로서 「옥류동」이나 「구성동」과는 다른 산문시 형태를 취한 것이라는 사실에 우선 주목할 필요가 있다. 이는 물론 보들레르나 투르게네프 등의 산문시나 30년대 말 일본의 산문시운동을 동시에 떠올리게 하지만, 박용철의 말대로 "새로운 시경(詩境)의 개척자"로서의 지용의 뛰어난 변모를 엿보게 하는 시적 변신의 획기적 형태로 평가할 만한 것이다.

1

絶頂에 가까울수록 뻑국채 꽃키가 점점 消耗된다. 한마

루 오르면 허리가 슬어지고 다시 한마루 오르면 모가지가 없고 나중에는 얼골만 갸옷 내다본다. 花紋처럼 版박힌다. 바람이 차기가 咸鏡道끝과 맞서는 데서 뻑꾹채 키는 아조 없어시고도 八月한철엔 흩어진 星辰처럼 爛漫하다. 山그림자 어둑어둑하면 그러지 않아도 뻑국채 꽃밭에서 별들이 켜든다. 제자리에서 별이 옮긴다. 나는 여긔서 기진했다.

(……)

9

가재도 긔지 않는 白鹿潭 푸른 물에 하눌이 돈다. 不具에 가깝도록 고단한 나의 다리를 돌아 소가 갔다. 좇겨온 실구름 一抹에도 白鹿潭은 흐리운다. 나의 얼골에 한나잘 포긴 백록담은 쓸쓸하다. 나는 깨다 졸다 祈禱조차 잊었더니라.

• 「백록담」 일부

「백록담」의 시적 특징은 산문적 서술과 장면 구성에 있다. 한 편의 시가 9개의 장면으로 구성되어 있는데, 이 장면들은 영화적 기법으로 제시되면서 하나하나가 합쳐져 전체를 구성하는 하나의 풍경으로 보여준다는 점에서 종전의 지용시에서 볼 수 없는 참신성을 갖는다. 이러한 산문시가 보여주는 기법은 형식적 안정과 행간 사이의 여백을 구사해 시적 효과를 높이는, 「구성동」이나 「옥류동」과는 매우 다른 시법임은 분명하다. 「백록담」이나 「장수산」에서 보여주는 이러한 시도를 부정적으로 본다면 토막난 시라고 비판할 수도 있겠지만, 눈여겨 살펴본다면 현대적 산문시에서 엿볼 수 있는 참신성에 비견되는 매우 앞선, 새로운 시경의 개척이라고 할 수 있다. 또한 여기서 우리가 간과할 수 없는 것은 「백록담」의 장면 구성에서 보여주는 새로움에는 "실구름 일말에도 백록담은 흐리운다"라든가 "나는 깨다졸다 기도조차 잊었더니라"와 같은 표현에서 감지되는 정신적인 세계의 추구가 담겨 있다는 점이다.

1935년 『정지용시집』 출간 이후 지용은 문단적으로 화려한 이름을 얻었지만, 그 개인으로서는 아들의 죽음과 아버지의 죽음을 경험하는 등 여러 어려움에 처했었다. 이와 같이 중첩된 시련의 상황에서 1939년 무렵의 지용은 첫 시집과는 다른 세계를 개척해야 하는 시인으로서의 고민을 안고 있었다. 그 가운데 시적 활로의 타개책으로 모색된 것이 산문시형의 개척이었다고 판단된다.

1940년 외적 상황은 더욱 악화되었다. 조선총독부는 2월 11일 창씨개명을 실시하였고, 독일군은 6월 14일 파리에 입성하였으며, 8월 10일에는『조선일보』와『동아일보』가 폐간되었다. 9월에는 독일 · 이탈리아 · 일본 3개국이 군사동맹을 맺었으며, 10월에는 황국신민화운동이 본격적으로 전개되었다. 정지용은 길진섭 화백과 선천 · 의주 · 평양 등지를 여행하며「화문행각」을 쓰면서 고뇌의 날들을 보내게 된다. 지용은 서북지방 여행을 통해 시심을 다듬고 1940년 1월에는「朝餐」,「비」,「忍冬茶」등 10편의 작품을 모아 '신작 정지용 시집'을 특집으로『문장』22호(1941. 2)를 장식한다. 이 일련의 시편들은 같은 해 8월에 간행될 제2시집의 예고편으로 선보인 것이라 할 수 있다.

해ㅅ살 피여
이윽한 후,

머흘 머흘
골을 옮기는 구름.

桔梗 꽃봉오리
흔들려 씻기우고.

차돌부터

촉 촉 *竹筍* 돋듯.

물 소리에
이가 시리다.

앉음새 갈히여
양지 쪽에 쪼그리고,

서러운 새 되어
흰 밥알에 쫏다.
  •「조찬」 전문

　「조찬」에는 "정신적으로나 육체적으로 피폐한 때"라는 지
용의 고백처럼 식민지 말기의 궁상맞고 초라한 시인 자신의
입장이 비유적으로 표현되어 있다. 직접 말하고 있지는 않지
만 이 시의 제6연과 7연이 이를 비유적으로 드러내고 있다.
양지쪽에 쪼그리고 앉은 서러운 새가 되어 흰 밥알을 쪼아
먹는 것은 조국을 잃은 식민지 백성이 비굴하게 삶을 연명하
고 있음을 나타낸다고 보아도 크게 무리는 아닐 것이다. 이
시를 다음에 인용하는 「비」처럼 산수시의 일종으로 볼 수도
있다. 형식이나 어법도 유사하다. 그러나 「조찬」에 등장하는

"서러운 새"는 화자 자신의 처지나 심정을 나타내는 보다 주정적 색깔에 물들어 있는 시적 표상의 매개어로 볼 수 있다. 특히 "새 되어"라는 표현은 부지불식간에 '새'에 자신의 감정을 이입시킨 기지를 엿보게 한다.

돌에
그늘이 차고,

따로 몰리는
소소리 바람.

앞 섰거니 하야
꼬리 치날리여 세우고,

종종 다리 깟칠한
山새 걸음걸이.

여울 지여
수척한 흰 물살,

갈갈히

손가락 펴고.

멋은듯
새삼 돋는 비ㅅ낯

붉은 닢 닢
소란히 밟고 간다.
　•「비」전문

　「조찬」, 「비」, 「인동차」는 「옥류동」, 「구성동」 등의 자유시 계열이고 「꽃과 벗」, 「나비」, 「호랑나비」 등은 「장수산」, 「백록담」 등과 연계되는 산문시 계열의 시편들이다. 2행 1연의 여백을 활용한 자유시와 서술적 산문시 두 종류가 동시에 공존하는 것이 이 당시 지용의 시적 상황이었다는 것은 『신작 정지용시집』에서 명백히 확인할 수 있다. 산문시가 종전에 쓴 자유시 형식의 해체라는 것은 분명하지만, 그것은 단순한 해체라기보다는 종전의 형태로 표현되지 않는 시적 감각의 변화와 보다 복잡한 감정의 심도를 묘사하기 위해 시도된 산문시형이라고 할 것이다.
　『문장』지의 특집으로 나온 일련의 시편들은 첫 시집 간행 이후 5년 전후의 침묵을 거쳐 창작된 것으로서 후기 지용시의 새로운 변신을 보여주는 대표적인 작품으로 의미를 갖고 있다. 우리는 이 시편들 중에서 그동안 많은 비평적 관심의 대상이 되었던 시 「비」를 보다 미시적으로 접근해 밀도 있는 해석[63]을 가함은 물론 지용의 후반기 생애와 문학을 정밀하게 들여다볼 필요가 있다.

1941년 1월 『문장』지에 발표된 「비」는 김소월의 「산유화」나 김수영의 「풀」처럼 그동안 여러 논자들에 의해 거론되었지만, 작품에 구사된 시어와 그 구성의 치밀성을 보다 정치하게 탐색하는 연구자들의 세심한 시각을 통해, 보다 엄밀한 정독이 요구되는 작품이다.

이 시를 발표한 1941년 이후 지용시가 앞으로 더 나아가지 못한 것은 해방과 6·25 한국전쟁 등의 역사적 소용돌이 때문이기도 하지만 그 자신의 내적 탐구가 격동하는 역사를 헤쳐 나갈 역동성을 심화시키지 못했기 때문이기도 하다.

위에 인용한 「조찬」에서 우리는 정지용이 처한 당시의 상황을 유추해볼 수 있다. 더 이상 가감하기 힘든 언어의 생략과 배치는 지용 특유의 솜씨를 나타내지만, 식민지 백성으로 대동아전쟁을 바라보아야 하는 자신의 처지를 빗대어 표현했다는 느낌을 지우기 어렵다. 물론 외적 서술은 아침이 되고 새가 밥알을 쪼아 먹는 풍경을 묘사하고 있으나, "서러운"이라는 말 속에는 시인 자신의 '서러운' 처지도 가미되어 있다는 것이다. 이처럼 시대상황을 떠올리게 만드는 산문시 「호랑나비」나 「예장」의 시들은 모두 죽음을 시사하고 있으며, 「도굴」과 같은 시에서는 그것을 더 여실히 느끼게 한다.

百日致誠 끝에 山蔘 이내 나서지 않았다. 자작나무 화투ㅅ불에 확근 비추우자 도라지 더덕 취쌌 틈에서 山蔘순은 몸짓을 흔들었다 삼캐기늙은이는 葉草 순쓰래기 피여 물은채 돌을 벼고 그날밤에사 山蔘이 담속 불거진 가슴팍이에 앙징스럽게 後娶감어리처럼 唐紅치마를 두르고 안기는 꿈을 꾸고 났다 모래ㅅ불 이운 듯 다시 살어난다 警官의 한쪽 찌그린 눈과 빠안한 먼 불 사이에 銃견양이 조옥 섰다 별도 없이 검은 밤에 火藥불이 唐紅 물감처럼 곻았다. 다람쥐가 도로로 말려 달어났다.

• 「도굴」 전문

이 시는 백일치성을 드린 후 산삼을 캐는 꿈을 꾸어 삼을 캐러 나간 늙은이가 도굴범으로 오인되어 경관의 총에 맞아 죽은 것을 서술한 작품이다. 그러나 엄혹한 당시의 현실을 고려할 때, 이 작품이 단순히 산삼 캐는 늙은이의 죽음만을 그려낸 것이라 말하기는 어렵다. 캄캄한 밤 어둠 속에서 경관의 총에 맞아 죽은 독립군을 상상해볼 수도 있을 것이다.

『신작 정지용시집』의 작품 중에서 유독 이「도굴」만 시집 『백록담』에 누락되어 있다는 것은 그냥 지나쳐 갈 수 없는 부분이다. 적어도 산삼 캐는 죄 없는 늙은이가 도굴범으로 몰려 경관의 총에 맞아 쓰러졌다는 이야기 자체가 당시의 긴박한 시대상황과 겹쳐서, 읽을 때 총에 맞아 죽는 독립군의 절박하고도 처절한 현장의 형상을 떠올려보게 한다는 것이다.

이러한 연관성은 바로 다음달『국민문학』2호에 발표된 친일적 성향이 있는「異土」를 읽을 때 더욱 두드러진다.

　　낳아자란 곳 어디거나
　　묻힐데를 밀어나가쟈

　　꿈에서처럼 그립다 하랴
　　따로짖힌 고양이 미신이리

　　제비도 설산을 넘고
　　적도직하에 병선이 이랑을 갈제

　　피였다 꽃처럼 지고보면
　　물에도 무덤은 선다

탄환 찔리고 화약 싸아한
충성과 피로 콩아진 흙에

싸흠은 이겨야만 법이요
시를 뿌림은 오랜 믿음이라

기러기 한형제 높이줄 맞추고
햇살에 일곱식구 호미날을 세우쟈
   •「이토」 전문

　이국땅에 나아가 전쟁에 임한 젊은이들에게 싸움은 이겨
야만 한다고 우회적으로 표현하고 있는 이 시는 적극적인 의
지에 의해서라기보다는 상당 부분 타의에 의한 강요로 씌어
졌을 것이다. 이때는 1944년 8월, 여자 정신대 근무령이 공
포되는 급박한 상황이 벌어진 시기였다. 이런 상황에서 「이
토」와 같은 시를 썼다는 것은 해방 후 시력에서 보자면 하나
의 오점이기는 하지만, 당시 상황으로서는 자발적이고 적극
적인 친일적 행위라고 규정하기는 어렵다. 적극적인 친일시
라기보다는 강요당한 전쟁시라고 보는 것이 온당한 해석일
것이다. 그럼에도 식민지시대 지용에게 얼룩처럼 남아 있는
오점이 있다면 이 한 편의 시라고 하지 않을 수 없다. 이런

작품이 지용에게 있었다는 것도 아울러 생각하는 것이 오히려 식민지 말기 지용의 번민과 고뇌를 이해하는 객관적인 준거가 되리라 생각한다.

1941년 9월 『문장』사에서 제2시집 『백록담』이 간행되었다. 총 수록 시편은 33편이다. 『백록담』은 다섯 부분으로 구성되어 있다.

I.「장수산 1」「장수산 2」「백록담」「비로봉」「구성동」「옥류동」「조찬」「비」「인동차」「붉은 손」「꽃과 벗」「폭포」「온정」「삽사리」「나븨」「진달래」「호랑나븨」「예장」(18편)

II.「선취」「유선애상」(2편)

III.「춘설」「소곡」(2편)

IV.「파라솔」「별」「슬픈 우상」(3편)

V.「이목구비」「예장」「비」「아스팔트」「노인과 꽃」「꾀꼬리와 국화」「비둘기」「육체」(8편)

『백록담』의 I은 모두 장수산·한라산·금강산 등 국내의 명산을 소재로 해 이루어진 시편들이라는 점이 두드러진 특징으로 나타나며, V는 거의 산문에 가까운 시형의 특징을 보여준다. V의 경우는 특히 시와 산문의 경계가 모호한 시편이라는 점을 눈여겨봐야 할 것이다. I에도 산문시가 있지만 V의 경우는 발표 당시 '산문'이라 밝혀 발표되었다는 점을 감안해볼 때 I의 산문시와 성격을 달리한다. V의 부분에는 산문에 가까운 글들이 8편이나 수록되어 있고 I에는 1941년 1월 『신작 정지용시집』에 수록된 시편 중 「도굴」을 제외한 나머지 모든 시가 수록된 것으로 보아 『백록담』은 아마도 첫 시집 이후 제2시집을 간행해야 한다는 『문장』사측의 요구가 상당 부분 반영된 것으로 추정된다.

실제로 작품 편수에 있어서 『정지용시집』의 89편에 비해 『백록담』은 33편에 불과하며, 산문에 가까운 V부 8편을 제하면 그 편수가 25편으로 줄어든다.

시집 『백록담』에 대한 세평은 『정지용시집』의 경우와는 달리 그렇게 활발하지 않았다. 식민지시대 말기의 전시체제하였다는 상황도 그러하거니와, 이 시집이 지닌 고답한 세계가 그 기법의 참신성에도 불구하고 감각적 발랄성에 의해 빛나는 재능을 발휘한 첫 시집에 비해 크게 주목받을 수 없게 한 요인이 되었다고 여겨진다. 비평가나 독자만이 아니라 지용 자신도 힘들게 보내야 했던 시기였다. 이와 같은 상황과 그 개인적 사정을 지용은 다음과 같이 고백한 바 있다.

이러한 괴로움이 日帝 發惡期에 들어 『문장』이 廢刊 當

할 무렵에 매우 심하였다. 그 무렵에 나의 詩集 『백록담』이 주제 주제 街頭에 나오게 된 것이다.

『백록담』을 내놓은 내가 精神이나 肉體로 疲弊한 때다. 여러 가지로 남이나 내가 내 自身의 疲弊한 原因을 指摘할 수 있었겠으나, 結局은 環境과 生活 때문에 그렇게 된 것이었다.

그러나 모든 것을 環境과 生活에 責任을 돌리고 돌았는 것을 나는 姑捨하고 누가 同情하랴. 生活과 環境도 어느 程度로 克服할 수 있을 것이겠는데 親日도 排日도 못한 나는 山水에 숨지 못하고 들에서 호미도 잡지 못하였다. 그래도 버릴 수 없어 詩를 이어온 것인데, 이 以上은 所謂 『국민문학』에 協力하던지 그렇지 않고서는 朝鮮詩를 쓴다는 것만으로도 身邊의 脅威를 當하게 된 것이었다.[64]

대동아전쟁을 치르던 일제하에 조선시를 쓴다는 것 그 자체가 위험이 되던 시기에 친일도 배일도 못한 시인의 괴로움은 그만의 것이 아니라 당시 조선인 전체의 문제이기도 했다. 당대 최고의 시인이 전시상황에 상응하는 시 한 편도 쓰지 않는다는 것은 그야말로 현실적으로 신변의 위협을 뜻하는 것이다. 그런 상황에서 지용이 친일시를 쓰게 된 것은 자발적이고 적극적인 친일문사들과는 다르게 이해해야 할 부분이다. 명민한 감정의 소유자인 지용은 친일시를 쓴다는 것이 훗날 어떤 비판을 받게 되리라는 것을 잘 알고 있었을 것이다.

1943년 1월 지용은 『춘추』 12호에 「창」을 발표했다.

풍경도
사치롭기로
오로지 가시인 후

나의 창
어둠이 도로혀
김과같이 옳아지라
　• 「창」 일부

하루 종일 사람은 물론 새도 날아오르지 않는 창을 바라본다. 밤이 와도 별이 잠기지 않는 옛 못에는 마른 연(蓮)대만이 바람에 운다. 바깥 풍경이 사치스러운데 어둠이 깊어지는 창을 바라보는 화자의 시선은 그만큼 세상과 격리된 자의식의 표현일 것이다. 1943년 9월 이탈리아가 무조건 항복하고, 10월 조선총독부는 학병제를 실시하였으며, 11월에는 대동아공영을 선언하기에 이른다. 1944년 2월 총동원령이 실시

되고, 6월에는 연합군이 노르망디 상륙작전을 개시하며, 8월에는 정신대 근무령이 공포된다. 제2차 세계대전이 이렇게 막바지로 치달릴 무렵 지용은 '서울소개령'으로 '부천군 소사읍 소사리'(현재 부천시)로 가족을 솔거해 이사했다. 이렇게 지용은 식민지시대 말기를 침잠 은거의 세월로 보내면서 소사의 천주교 설립에 힘을 썼다고 한다. 1945년 5월에는 독일군이 무조건 항복하고, 8월에 히로시마와 나가사키 원자폭탄 투하로 막을 내려가는 전쟁의 마지막 단계에 이르러, 일본은 마침내 8월 15일 히로히토 천황을 통해 무조건 항복을 선언했다.

분단시대와 인간적 시련
—1945년부터 1950년까지

    지용이 감내하기 힘든 인간적인 시련은 조국의 광복과 더불어 왔다. 정지용의 생애에서 마지막 단계가 될 분단시대와 인간적 시련은 1945년 8월의 광복으로부터 1950년 6월 납북까지이다. 1945년 8·15광복으로 민족해방의 감격을 맛보게 되었으나 좌우의 대립으로 남과 북은 분단의 길로 나아가기에 이르렀다. 뒤이어 일어난 6·25 한국전쟁은 식민지시대보다 더 혹독한 인간적 시련의 소용돌이 속으로 지용을 휘몰아갔다. 8·15광복과 함께 지용은 '서울 성북구 돈암동 산 11번지'로 이사했다. 또한 휘문중학교 교사직을 사임하고 10월에 이화여자전문학교(현재 이화여자대학교) 교수로 옮겨 문과 과장이 되었다. 이때 담당 과목은 한국어·영시·라틴어였다.

    사회적·시대적 격변과 함께 시인 정지용에게도 많은 변

동이 있었다. 해방이 되자 좌우의 대립은 극에 달했으나 지용은 이에 휩쓸리지 않고 중심을 지키려고 노력했다. 가톨릭 신자라는 입장도 지용의 태도에 한몫으로 작용했을 것이다. 그럼에도 지용은 시인으로서 광복과 독립의 감격을 노래할 수밖에 없다고 생각했을 것이다.

1946년 1월 지용은 『大潮』 1호에 「愛國의 노래」, 『革命』 1호에 「그대들 돌아오시니」 등의 시를 발표해 새로운 시적 행적을 보인다.

챗직 아레 옳은 道理
三十六年 피와 눈물
나종까지 견덧거니
自由 이제 바로 왔네

東奔西馳 革命同志
密林속의 百戰義兵
獨立軍의 銃부리로
世界彈丸 쏳았노라

王이 없이 살었건만
正義만을 모시었고

信義로서 盟邦 얻어
犧牲으로 이기었네

敵이 바로 降伏하니
石器 적의 어린 神話
漁村으로 도라가고
東과 西는 이제 兄弟

원수 애초 맺지 말고
남의 손짓 미리 막어
우리끼리 굳셀뿐가
남의 은혜잊지 마세

진흙 속에 묻혔다가
한울에도 없어진 별
높이 솟아 나래 떨듯
우리 나라 살아 났네

萬國사람 우러 보아
누가 일러 적다 하리
뚜렷하기 그지 없어

온 누리가 한눈 일네

　　•「애국의 노래」 전문

　이 시의 특색은 먼저 4·4조 4행 1연의 형식으로 나타난다. 노래의 형태를 의식한 데서 나온 작품으로 볼 수 있다. 격정의 시기에 이런 고정된 형식의 시를 발표했다는 것은 이색적인 일이라고 할 수 있다. 날카로운 감각을 보여주던 여타의 지용시와 달리 일반가요 가사를 읽는 느낌을 지우기 어렵다. 그럼에도 이 시는 광복의 기쁨을 노래하고 자유국가로서의 자긍심을 노래하기에 부족함이 없는 애국의 노래임은 틀림없다.

　채찍 아래에서도 옳은 도리를 다하며 36년 동안 피와 눈물로써 끝까지 견뎌냈기 때문에 자유가 왔다는 것이다. 해외에서 독립운동을 하다 귀국하는 혁명동지들을 맞이하기 위해 지용은 또「그대들 돌아오시니」를 썼다.

　　백성과 나라가

　　夷狄에 팔리우고

　　國祠에 앉은지

　　죽엄보다 어두은

　　嗚呼 三十六年!

(……)

그대들 돌아오시니

피 흘리신 보람 燦爛히 돌아오시니!

• 「그대들 돌아오시니」 일부

　죽음보다 어두운 일제치하 36년 동안 백성과 나라가 오랑캐 무리에게 팔렸다는 진실은 지용의 솔직한 감정의 토로일 것이며, 피 흘린 보람으로 혁명동지들이 찬란히 돌아오고 민족의 "새론 해가 오르다"고 염원한 것은 미래의 희망을 말한 것임에 틀림없을 것이다. 죽음보다 어두운 일제치하에서 마침내는 「이토」와 같은 시를 쓰지 않을 수 없었던 자신의 시와 삶에 대한 통렬한 반성도 스며 있다고 봐야 할 것이다. 1946년 3월에도 『대동신문』(3월 2일)에 「追悼歌」[65]를 발표하였는데 이 시는 후렴구가 달린 노래 형식을 빌린 것이었다. 이 시기의 시들은 애국인사들을 환영하거나 추도식을 위한 주문 형식의 시들이었기 때문에 종전에 볼 수 있었던 지용적 개성은 많이 약화된 시편들이라고 하겠다.

　5월 돈암동 자택에서 모친 정미하가 사망했다. 이로써 지용은 부모를 모두 떠나보내고 한 가족의 완전한 가장이 되었다. 그의 행보는 더욱 신중해질 수밖에 없었을 것이다. 2월 문학가동맹에서 개최한 작가대회에서 아동분과위원장 및 중앙위원으로 추대되었으나 시인 정지용은 참석하지 않았고, 장남 구관이 대신 참가해 당나라 시인 왕유의 시를 낭독하였다. 5월 건설출판사에서 『정지용시집』의 재판이 간행되었다. 6월 을유문화사에서 『지용시선』이 간행되었다. 이 시선에는 「유리창」 등 25편의 작품이 실려 있는데, 이들은 『정지용시집』과 『백록담』에서 뽑은 것들이다. 8월 '이화여전'이 '이화여자대학'으로 개칭되면서 동교의 교수가 되었다. 10월 『경향신문』 주간으로 취임, 이때 사장은 양기섭, 편집인은 염상섭이었다. 10월 백양당과 동명출판사에서 시집 『백록담』 재판이 간행되었다.

1947년 2월 16일 서울 소공동에 있는 '플로워 회관'에서 윤동주 2주기 모임이 열렸다. 정병욱 · 이양하 · 김삼불 등 30여 인이 참석하였는데, 지용은 윤동주의 친동생 윤일주의 부탁을 받아 유고시집 『하늘과 바람과 별과 시』의 서문을 쓴 계기로 이 모임에도 참석하였다. 해방 후 윤동주의 시를 최초로 문학적으로 평가한 사람이 바로 지용이었다는 점은 상당한 주목을 요한다. "才操도 탕진하고 용기도 상실하고, 8·15 이후에도 나는 부당하게도 늙어간다"고 전제한 지용은 다음과 같이 윤동주의 시를 높이 평했다.

老子 五千言에

『虛其心 實其腹 弱其志 强其骨』이라는 句가 있다.

청년 윤동주는 의지가 약하였을 것이다. 그렇기에 서정시에 우수한 것이겠고, 그러나 뼈가 강하였던 것이리라. 그렇기에 日賊에게 살을 내던지고 뼈를 차지한 것이 아니었던가?

무시무시한 고독에서 죽었고나! 29세가 되도록 시도 발표하여 본 적도 없이!

일제시대에 날뛰던 附日文士놈들의 글이 다시 보아 침을 배알을 것뿐이나 無名 윤동주가 부끄럽지 않고 슬프고 아름답기 한이 없는 시를 남기지 않았나?

시와 시인은 원래 이러한 것이다.[66]

여기서 주장한 노자의 '약육강골'론은 윤동주의 삶을 상징하는 동시에 식민지시대와 좌우의 극한대립 속에서 살아야 하는 지용 자신의 삶을 지키는 지표와 같은 것으로 이해된다.

1948년 2월 박문출판사에서 산문집 『文學讀本』이 간행되었다. 이 산문집에는, 『문장』, 『조선일보』, 『동아일보』 등에 연재된 기행문과 「斜視眼의 不幸」 등의 평문과 수필 37편이 수록되어 있다.

이 시기에 지용은 서울대학교 문리과대학 강사로 출강하며 '현대시' 시간에 『詩經集註』를 강의하였다. 지용이 『시경』에서 가장 좋아한 시는 큰아들 구관씨의 회고에 의하면 「谷風」이었다고 한다.[67] 수업시간에 서당식으로 자신이 먼저 읽고 학생들로 하여금 따라서 낭송하게 하였을 장면이 떠오른다. 이러한 방식은 지용이 『시경』을 배운 전통적인 방식 그대로였을 것이며, 대학의 '현대시' 과목에서 『시경』을 강독한 것은 당시의 사회적 분위기가 좌우 극단으로 치달렸던 까닭에 그 어느 쪽에도 휩쓸리고 싶지 않은 지용의 의지가 작용한 결과일 것이다.

산들산들 동풍에 흐렸다가 비 오네
한마음 한뜻으로 성내서는 안될지라
순무나 무는 뿌리만을 취함이 아니니
백년해로 그 언약을 어기지 말아요

가는 길 더딤은 차마 마음에 안내켜
멀리 전송은커녕 문간에서 날 보내니
씀바귀가 쓰디쓸까 냉이처럼 달으리다
당신은 신혼에 형제처럼 지내시겠지요

涇水는 渭水로 흐려져도 밑은 맑은데
신혼의 재미에 날 거들떠도 안보네요

내 어살에 가지 말고 통발도 놔두세요
몸둘 곳도 없는데 뒷일 걱정 어찌하리

깊은 물은 뗏목이나 배로 건너가고
옅은 물은 자맥질이나 헤엄쳐 건넜죠
잘살든 못살든 살림살이에 애써왔고
이웃집에 일나도 힘 다하여 도왔구요

그래도 날 좋아않고 원수로 여기시어
나의 덕을 안 팔리는 물건같이 버리네
지난 시절 궁할세라 고락을 나눴는데
이제 살만하니 날 독벌레로 보는군요

마른나물 장만은 겨울나이 준비인데
신혼의 당신 궁할 때나 내가 아쉽죠
성내면서 나한테 고생만을 시키고도
그 옛날 사랑했던 기억을 잊으셨나요

習習谷風 以陰以雨
黽勉同心 不宜有怒
采葑采菲 無以下體

德音莫違 及爾同死

行道遲遲 中心有違
不遠伊邇 薄送我畿
誰謂荼苦 其甘如薺
宴爾新昏 如兄如弟

涇以渭濁 湜湜其沚
宴爾新昏 不我屑以
毋逝我梁 毋發我笱
我躬不閱 遑恤我後

就其深矣 方之舟之
就其淺矣 泳之遊之
何有何亡 黽勉求之
凡民有喪 匍匐救之

不我能慉 反以我為讎
既阻我德 賈用不售
昔育恐育鞫 及爾顛覆
既生既育 比予于毒

我有旨蓄 亦以御凍

宴爾新昏 以我御窮

有洸有潰 既詒我肄

不念昔者 伊余來墍[68]

이 시는 남편의 변심으로 버림받게 된 아내가 남편에게 신혼시절의 알뜰했던 사랑의 기억을 떠올리면서 백년해로의 언약을 잊지 말라고 하소연하는 사연을 담고 있다. 아마도 지용은 그의 삶이 힘들 때마다 이 시를 다시금 음미해보았을 가능성이 크다. 유년시절 아버지가 어머니를 돌보지 않아 고통을 겪어야 했던 지용은 백년해로하는 부부의 삶을 기리듯이 세상의 험난한 풍파를 이겨나가고자 하였을 것이다. 잘 살든 못 살든 서로 힘을 합해 가정을 화목하게 이끌어 나아가야 한다는 아내의 다짐을 보여주는 위의 시는 부모를 잃고 난 후 더욱 그러한 마음가짐을 가지고자 했던 노력을 엿보게 한다.

1947년 8월 지용은 『경향신문』 주간을 사임하였고 이화여자대학교 교수로 복직하였으나, 해를 넘기자마자 바로 1948년 2월 다시 이화여자대학교 교수직을 사임하고 녹번리 초당에서 서예로 자신의 마음을 달래면서 소일하게 된다. 시세에 따르지 않고 자신을 지키고자 하는 선비들의 진퇴관을 그대로 보여주는 선택이었다고 할 것이다. 그러나 좌우의 갈등에 이어 남북의 분단으로 이어지는 역사의 길목은 세찬 소용돌이가 몰아치고 있었다. 한반도에서는 1948년 8월 15일 남쪽에서 대한민국이 수립되었고, 9월에는 북쪽에서 조선인민민주주의공화국이 선포되었으며, 중국 대륙에서는 동년 12월에 중공군이 북경을 함락시키고 중화인민공화국 출범의 기초를 마련했다.

이런 와중에 지용은 1948년 10월 「조선시의 반성」을 『문장』지에 발표했다.

　시인의 천분이 전진하여야 하겠느냐? 守舊로 후퇴하겠느냐? 하는 준엄한 과제가 8·15를 계기로 해 민족적으로 부여된 것이다.
　8·15 직후부터 과연 詩歌 유사의 것이 지면마다 홍성스럽게 濫觴되었으나 이들 '해방'의 노래가 대개 일정한 정치노선을 파악하기 전의 사상성이 빈곤하고 민족해방 大道의 확호한 이념을 준비하지 못한 재래 문단인의 단순한 蹶氣的 문장수법에서 제작되었던 것이므로 막연한 축제 목적 홍분, 과장, 혼동, 무정견의 放歌 이외에 취할 것이 없었던 것이다.[69]

해방 직후 문단의 혼란과 문학적 빈곤을 이렇게 지적한 지용은, 홍명희의 시「눈물 섞인 노래」, 이극로의 시조「한양의 가을」, 박종화의「대조선의 봄」, 정인보와 양주동의 시조, 이헌구의「소박한 노래」, 조지훈의「산상의 노래」등을 예거하면서 현실과 사태에 대응해 정확한 정치감각과 비판적 의식이 희박하면 할수록 유리되면 될수록 그의 시적 표현이 봉건적 습기 이외에 벗어날 수 없는 것을 본다고 날카롭게 지적하고 있다. 이렇게 본다면 당시 지용의 문학적 감각이나 정치적 감각은 무딘 것이 아니라 명료하게 살아 있었던 것이라 판단되며, 녹번리에서의 칩거 또한 정치적 혼돈의 와중에서 멀리 물러서 있으려고 한 현실적 판단에서 비롯된 선택이었다고 할 것이다.

1949년 3월 도시샤에서 지용의 『散文』이 간행되었는데, 여기에는 평문·수필·역시 등 모두 55편이 실려 있다. 이 무렵 지용이 『문학독본』이나 『산문』 그리고 『지용시선』 등을 간행한 것은, 대가족을 거느리고 직업 없이 생활해야 하는 생활인으로서의 처지에서 절실한 경제적 필요와도 관련되어 있다고 봐야 할 것이다. 불광동 녹번리에서 은거생활을 할 때, 매우 궁핍했으며 출간한 책의 인세로 살았다는 것은 이러한 사정을 반영하는 것이다.

1949년 6월 5일 국민보도연맹이 결성되었고, 6월 29일에는 민족통일을 외치던 김구가 안두희에 의해 피살되었다. 이러한 일들은 남과 북이 통합되기 어려운 길로 나아갈 수밖에 없다는 것을 예증하는 급박한 사건들이었는데, 특히 국민보도연맹의 결성은 지용과 직접적으로 연관된 사건이었다. 이미 1948년 12월 1일에 국가보안법이 공포되었으며 이에 따라 남로당계의 탈당자나 전향자를 위해 만들어진 것이 국민보도연맹이다. 국민보도연맹은 이승만 정권이 그들의 정치적 기반을 확고히 하기 위해 만든 단체라고 할 수 있는데, 1945년 광복 직후 좌익계열에 우호적이거나 소극적으로라도 이에 가담했던 사람들은 모두 국민보도연맹에 가입해 각자의 전향 사실을 분명히 할 필요가 있었던 것이다. 여기에 해당하는 대표적인 문인 중의 한 사람이 지용이었다는 것은 의심의 여지가 없다.[70] 1949년 9월 문교부에서는 중등학교에서 좌익 필자 26명의 글을 삭제하도록 했는데, 정지용의 경우 「고향」, 「노인과 꽃」 등 10편의 작품이 삭제되었다.[71] 이 일은 무엇보다 시인으로서 그에게 커다란 충격을 주었을 것이다.

1949년 10월에 중국에 수립된 중화인민공화국은 동북아시아에서 또 다른 전쟁을 예고하는 상징적 사건의 서막이었다. 이러한 상황에서 국민보도연맹은 1949년 10월 25일부터 31일까지 남로당원 자수 선전기간을 정하여 대대적인 전향

공작을 시도했는데, 정지용은 11월 1일부터 일주일간 실시된 남로당 근멸주간이었던 11월 4일 자진가맹 형식으로 녹번국민보도연맹에 가입하게 된다.[72] 이런저런 소문으로 동네 사람들에게서 빨갱이라는 호칭을 듣게 된 그로서는 어쩔 수 없는 선택이었을 것이다. 야반도주자로 지목되기보다는 양민으로서 교사로서 떳떳한 선택을 하고 싶었을 것이다. 이때 그가 말한 "심경의 변화"는 고심 끝에 내린 어려운 결정이었다고 할 것이다.

불과 1년 전인 1948년 9월 북에서 조선인민민주주의공화국이 탄생했을 때 쓰러질 것 같은 압력을 느꼈다[73]는 지용이 그로부터 1년을 채 넘기지 않은 시기에 다시 전향을 해야 하는 심경의 변화를 경험하는 대목에서 우리는 역사적 소용돌이에 휘말릴 수밖에 없는 시인의 운명을 생각해보지 않을 수 없다. 일단 국민보도연맹에 가입한 지용은 자의든 타의든 여기에 적극적으로 동참하지 않을 수 없었을 것이다. 국민보도연맹 가입 직후인 12월 3일 국민보도연맹 중앙본부가 주관하는 예술제에 나가서 북으로 간 이태준에게 보내는 경고문을 낭독했다.[74] 이태준은 지용의 휘문학교 1년 후배이자 『문장』지의 신인추천위원을 함께 한 문학적 동지이다. 1938년 박용철이 세상을 떠나고 난 다음 김영랑과 더불어 누구보다 가까운 사이였다고 할 수 있다. 이 경고문을 통해 지용은 자신의 전향 의지를 확고하게 표현했다. 물론 여기서 지용이 비판하고 있는 것은 좌익활동 자체가 아니라 민족의 소설가로 버티지 않고 빨리 38선을 넘어간 것이라고 할 수 있는데, 이는 그 자신이 38선을 야반도주하여 넘어갔다는 소문을 다분히 의식한 것이라고 하겠다. 지용이 이태준에게 월북이 "바로 분열이요 이탈"이라고 말한 것은 그러한 분열로 인하여 통일이 이루어지지 않는다는 것을 지적한 것으로서, 지용이 지향하는 것은 어디까지나 극단적인 정치적인 선택이라기보다는 급박한 상황에서의 신변 보호책이었을 것으로 짐작된다. 그럼에도 국민보도연맹에서의 활동은 지용에게는 지울 수 없는 멍에가 되는 것 또한 피할 수 없는 일이었다고 하겠다.

1949년을 급박한 긴장 속에서 보낸 지용은 1950년 초에는 그 나름대로 심정적 안정을 되찾은 탓인지 비교적 많은 8편의 시를 발표했다. 이 작품들이 알려지지 않은 것은 곧 바로 6·25 한국전쟁이 일어나 제대로 평가될 여유가 없었기 때문일 것이다. 최근 박태일과 이순욱 등의 노력으로 이 시기의 작품들이 발굴되고 본격적인 논의의 대상이 되었다. 이순욱은 「妻」, 「女弟子」, 「碌磻里」 등의 시를, 그리고 박태일은 아동문학 심사평문「싹이 좋은 사람들」(1947)과 시「椅子」를 발굴, 소개했다. 「처」, 「여제자」, 「녹번리」 등 3편의 시들[75]

은 국민보도연맹에 가입은 했지만 그의 내면에서 겪어야 했던 갈등을 담고 있다는 점에서 주목된다.

여보!
운전수 양반

여기다 내뻐리구 가믄
어떠카오!

碌磻里까지만
날 데려다 주오

冬至 섯달
꽃 본 듯이……아니라
碌磻里가지 만
날 좀 데레다 주소

취했달 것 없이
다리가 휘청거리누나

帽子 아니 쓴 아이

열여들 쯤 났을가?

「碌磻里까지 가십니까?」

「넌두 少年感化院께 까지 가니?」

「아니요」

캄캄 야밤 중

너도 突變한다면

열여들 살도

내 마흔아홉이 벅차겠구나

헐려 뚫린 고개

상여집 처럼

하늘도 더 껌어

쪼비잇 하다

누구시기에

이 속에 불을 키고 사십니까?

불 디레다 보긴

낸 데

영감 눈이 부시십니까?

탄탄 大路 신작로 내기는
날 다니라는 길이겠는데
걷다 생각하니
논두렁이 휘감누나

少年感化院께 까지는
내가 찾어 가야겠는데

인생 한번 가고 못오면
萬樹長林에 雲霧로다……
• 「녹번리」 전문

　　당시로서는 서울에서 멀리 떨어진 외곽지대라고 할 수 있는 녹번리까지 데려다 달라는 승객의 청을 무시하고 한밤중에 으슥한 곳에 내려놓고 사라져버린 뺑소니 운전기사를 탓하는 것으로부터 시작된 이 시는, 오늘날도 누구나 경험하는 일상적 소재를 다루었다고 할 수 있는데, 여기서 주목되는 것은 한밤중에 차에서 내린 화자가 느끼고 있는 불안과 허무이다.

　　캄캄한 밤길을 홀로 가던 화자는 18세 정도의 청년을 만나게 되는데 녹번리까지 가시느냐고 묻는 그가 모자를 눌러 쓰고 있었던 까닭에 화자는 그를 더욱 무섭게 느꼈을 것이다. 모자로 가려져 얼굴을 볼 수 없는 상대방이 어두운 곳에서 갑자기 돌변하면 어떻게 될 것인가를 걱정하면서도, 그에게 또 다른 친밀감을 가지고 있는 까닭에 너도 나처럼 소년감화원 쪽으로 가는 것이 아니냐고 묻게 된다.

여기서 소년감화원은 이중적 의미로 읽힌다. 하나는 청년이 녹번리까지 가느냐고 먼저 물은 것이며 다른 하나는 화자 자신은 그 질문에 대한 대답으로 소년감화원께까지 가느냐고 한 답변이다. 물론 거기에는 직접적으로 답한 것은 아니지만 네가 무언가 잘못하여 그쪽으로 가는 것이 아니냐는 뜻도 담겨 있다. 실제로 소년감화원이 녹번리 부근에 있었을 것이라 짐작되는데[76] 이러한 용어를 지용이 창안하여 사용했을 가능성은 적다. 사실에 근거하지 않고 이런 용어를 함부로 사용하지 않는 것이 지용의 시법이다. 소년감화원이란 시어를 이 시에서 재치 있게 사용한 것도 사실이다. 그런데 만약 이를 "그의 집이 소년감화원 주변에 있었을 개연성은 아예 없다. 그런 까닭에 화자의 소년감화원행은 국민보도연맹 문화부의 기획으로 이루어진 선무사업의 일환으로 여겨진다"[77]라고 본다면 그 해석은 재론의 여지가 많다.

이 시는 한밤중 집으로 가다가 갑자기 운전기사가 중간에 내려놓고 가는 바람에 겪었던 당황스러운 일을 소재로 하여 자신의 불안과 허무감을 나타낸 것이라 읽는 것이 자연스럽다. 탄탄한 신작대로가 "논두렁이 휘감누나"라고 표현되는 것을 볼 때 우리는 화자의 불안감을 엿볼 수 있으며, 이 시의 마지막 결구에서 "인생 한번가고 못오면/萬樹長林에 雲霧로다……"라고 탄식조로 끝나고 있음을 볼 때, 화자인 마흔아홉의 지용이 지닌 허무감을 감지할 수 있을 것이다. 소년감화원을 전향의 논리에서만 찾으려 한다면 그것이야말로 관념적인 해석의 결과일 것이다. 지용이 아무리 국민보도연맹에서 활동하고 있던 시기라고 해도 그의 내면에서 움직이는 시적 상상은 거기에 꼭 얽매여 속박된 것은 아니라고 할 것이다

오히려 같은 시기에 발표된 「처」와 같은 시는 민중적·현실주의적 색채를 내포하고 있다고 여겨지는데, 이 경우에도 녹번리에서 생활하던 시기의 곤궁한 그의 삶이 어느 정도 가미되었다고 보아야 할 것이다.

세상 돌아가는 일이 더욱 어수선해지던 시기라고 할 수 있는 1950년 2월, 지용은 『혜성』 창간호에 「의자」를, 『문예』 7호에는 「곡마단」을 발표했다. 「의자」는 그동안 잘 알려져 있지 않았던 작품이다.

너
앉았던 자리

다시 채워

남는 靑春

다음 다음 갈마

너와 같이 靑春

深山 돌어

안아 나온

丹頂鶴

흰 알

(……)

靑春 아름답기는

皮膚 한 부피 안의

琥珀 빛 노오란 脂肪이기랬는데

―그래도

나

조금 騷擾하다

아까

네 뒤 딸어

내 靑春은

아예 갔고

나 남었구나!

• 「의자」 일부

　모두 14연 44행으로 이루어진 이 시는 예전에 지용이 가지고 있던 독특한 언어를 보여주기는 하지만 시적 밀도는 많이 약화되어 있다. 청춘을 부러워하고 빈 자리에 남은 자신을 깨닫는 화자의 서술은, 시행의 분절로 겨우 시적인 분위기를 유지하고 있긴 해도 시적인 긴장은 약화되어 있다고 보아야 할 것이다. 미래의 정세를 예측할 수 없는 혼란한 상황에서 국민보도연맹에 가입하여 활동하지 않을 수 없었던 지용의 복잡한 심정의 소용돌이가 그의 마음 깊은 곳에서 서로 상충하고 있었기 때문이 아닌가 추정해볼 수 있다.

　그것은 지천명의 나이를 눈앞에 두고 있는 마흔아홉 화자의 고뇌로 가득 찬 고백이기도 할 것이다. 그리고 그것은 오직 지용 혼자만의 몫은 아니었을 것이다. 당시의 사회의 지도층 인사 모두 이와 유사한 갈등과 고뇌를 겪었을 것이다.

疎開터
눈 우에도
춥지 않은 바람

클라리오넽이 울고
북이 울고
천막이 후두둑거리고
旗가 날고
야릇이도 설고 흥청스러운 밤

말이 달리다
불테를 뚫고 넘고
말 우에
기집아이 뒤집고

물개
나팔 불고

그네 뛰는게 아니라
까아만 空中 눈부신 땅재주!

甘藍 포기처럼 싱싱한
기집아이의 다리를 보았다

力技選手 팔짱 낀채
외발 自轉車 타고

脫衣室에서 애기가 울었다
草綠 리본 斷髮머리 째리가 드나들었다

원숭이
담배에 성냥을 키고

防寒帽 밑 外套 안에서
나는 四十年前 凄凉한 아이가 되어

내 열살보담
어른인
열여섯 살 난 딸 옆에 섰다
열길 솟대가 기집아이 발바닥 우에 돈다
솟대 꼭두에 사내 아이 발 우에 접시가 돈다
솟대가 주춤 한다

접시가 뜬다 아슬아슬

클라리오넽이 울고
북이 울고

가죽 잠바 입은 團長이
이욧! 이욧! 激勵한다

防寒帽 밑 外套 안에서
危殆 千萬 나의 마흔아홉 해가
접시 따러 돈다 나는 拍手한다.
　•「곡마단」전문

　지용은 세상 돌아가는 일이 곡마단의 공중곡예처럼 신기
하고 요란했던 시절의 험난한 세상살이를 이 시에서 화자의
입을 통해 토로하고 있다. 40년 전 열 살짜리 어린 소년이었
을 때 처음 곡마단을 보았던 기억을 떠올리며 마흔아홉의 지
용은 열여섯 딸아이를 바라본다(연보를 보면 이 딸은 장녀
구원이라 여겨진다). 가난한 어린 시절 지용은 앞으로 이 세
상을 어떻게 살아가야 하나 하고 난감한 심정을 가지고 위험
한 곡예를 보았을지도 모른다. 이제 마흔아홉이 되어서도 세

상은 더욱 신기하게 돌아가고 딸아이처럼 어린 계집아이도 곡마단에서 공중곡예를 한다. 곡마단의 요술에 따라 시인 자신의 마흔아홉 해가 돌아간다.

그동안 쌓아올린 명성과 전향의 이력이 뒤섞이고 야릇한 흥청거림 속에서 자신의 나아갈 바를 정하지 못하고 곡마단을 바라보며 현기증을 느끼는 화자에게서는 당시 지용이 남에게 토로할 수 없었던 복잡한 심정의 일단을 읽을 수 있다. 물론 위에서 거론한 「의자」나 「곡마단」이 시적으로 뛰어난 것은 아니다. 아마도 그에게 가해오는 외적 압력이 너무 강한 까닭에 시적 긴장의 밀도를 유지할 수 없었는지도 모른다. 형식면에서 시조 형식에 가까운 분절을 시도하고 있지만 행간의 효과를 크게 살리지는 못하고 있다.

1950년 3월 동명출판사에서 시집 『백록담』의 3판이 간행되었다. 6월에 「시조 오수」가 발표되는 등 상반기에만 모두 8편의 작품을 선보이고 있는데, 작품 편수로는 결코 적은 양이라고 할 수 없지만 1930년대에 보여주던 지용의 시적 수준에는 미치지 못한다. 「시조 오수」 중에서 「나비」는 이때 시인이 가까이 다가와 있다고 무의식적으로 느꼈을지도 모를 자신의 죽음을 시사하는 작품으로 읽힌다.

　내가 인제

나븨 같이
죽겠기로
나븨 같이
날라 왔다
검정 비단
네 옷 가에
앉았다가
窓 훤 하니
날라 간다

  •「나비」전문

  나비같이 날아왔다 나비같이 죽고 싶다는 것은 다분히 시인적인 발상이지만, 이 또한 죽음이 다가오고 있다고 느낀 자의식의 표현일 터이다. 유언에 가까운 이 작품이 시조 형식이라는 점 또한 간과할 수 없다. 지용은 「마음의 일기」에서 아홉 수의 시조를 뽑아 1926년 6월 『학조』에 발표한 바 있다. 이 작품들은 휘문고보 시절부터 최초의 교토 유학 사이에 쓴 것이다. 그의 시작활동의 첫 출발이 시조였고 그 마지막을 시조로 끝맺고 있다는 것은 모더니스트라고 평가되는 지용의 시심에 자리잡고 있던 근원이 무엇이었는가를 알려주는 상징적 사건으로 볼 수 있다. 생의 기복이 격심해 마음의 안정이 흔들릴수록 안정된 형식이 요구된다는 것을, 형식과 심정의 불가분의 관계를 나타낸다. 우리는 특히 시대의 첨단에 서서 한국시단을 선도하던 지용이 그 창작활동의 한 끝을 시조로 장식했다는 데서 한국 현대시사의 한 극점이 개척한 시적 지평의 경계선을 확인해볼 수 있을 것이다.

1950년 6·25 한국전쟁이 발했을 당시 녹번리 초당에서 소일하던 정지용은 설정식 등과 함께 정치보위부에 나가 자수 형식을 밟다가 잡혀 납북된 것으로 알려져 있다. 정지용의 월북이 납북이냐 하는 것은 6·25 한국전쟁 후 계속되어온 논쟁거리 중의 하나이다. 그가 보도연맹에 가입해 활동했다는 사실이 밝혀진 다음에도 그것은 아직도 논쟁거리로 남아 있다. 우선 이 문제와 관련해서 우리는 최정희와 김팔봉의 다음 목격담을 들어볼 필요가 있다.

(……) 강압적으로 나오는 남자의 태도를 어디서 보았던 정지용 시인이 불툭 튀어 나섰다. 『그 강아지 같은 사람이 뭘 잘못했다고 자수하라는 거요. 대한민국에서 가장 백지같이 산 사람일거요.』 정지용 시인은 나를 감싸주었다. 정지용 시인은 이십 명 가까운 동료들과 자기는 자수하러 나서면서도 날더러는 그냥 있으라고 당부를 했다. 그러던 정시인은 돌아오지 못했다. 정시인은 자수하러 가면 돌아

못 오는 일이 있을 것을 알고 있었던 모양이다. 그래서 내게 가만있으라고 당부했던 모양이다.[78]

지용을 '닷또상'이라고 부를 만큼 최정희와 지용은 친근한 사이였다. 자수하러 가면 돌아오지 못할지도 모른다는 예감을 지용은 가지고 있었을 것이며, 평소 친근하게 지내던 최정희마저 자기와 함께 끌려가는 것을 원치 않았을 것이다.

납치돼 간 시인 鄭芝溶은 1926년 여름에 「朝鮮之光」사를 金末峰과 동행해서 찾아갔을 때 우연히 나도 지나다가 들렀기 때문에 만났었는데, 그 때 그는 학생복을 입었었다. 金起林은 1932년 조선일보 사회부에서 같이 일하던 기자였고, 鄭人澤은 1936년 每日新報에서 같이 일하던 친구이었다. 지금 이 세 사람은 6·25때 懷月과 함께 서대문 형무소에 갇히어 있었는데 그 후로 나는 그들의 종적을 모르고 있다.[79]

김팔봉은 지용이 서대문 형무소에 갇혀 있었음을 증언하고 있다. 자진 월북자가 형무소에 갇혀 있다는 것은 앞뒤가 맞지 않는다. 이태준에게 보낸 편지에서도 지용은 월북은 분열이요 이탈이라고 질책한 바 있다. 자수하면 용서해준다고 하고 자수한 이들을 모두 체포한 것이 그들의 수법이었다는 것을 지용은 여러 사례에서 확인했을 것이다.

최정희와 김팔봉의 직접적인 목격담을 살펴볼 때, 정지용의 경우 월북보다는 납북이라 보는 것이 유력하다고 판단된다. 풍문에 의한 회고담은 그 신빙성을 의심할 수밖에 없다. 특히 자의든 타의든 국민보도연맹에 가입하여 활동한 바 있는 지용으로서는 쉽게 월북을 택하기 힘들었을 것이다.

한민당은 더러워서 싫고 빨갱이는 무시무시해서 싫다. 내가 이화에서 죄되는 일이 있다면 카톨릭신자라는 것일 것이다.[80]

이처럼 좌우 어느 쪽에도 가담하기 싫어했다는 것이 지용이 기본적으로 가지고 있던 특색 있는 태도다. 자신의 성미에 맞지 않는 것을 용납하지 않는 것이 지용의 개성이었다는 얘기다. 국민보도연맹에 가입하여 전향을 경험한 바 있는 지용의 경우 그가 자진 월북했으리라는 것은 근거가 박약한 풍문에 의한 추정이다. 1950년 9월 25일 사망했다는 기록이 북한에서 최근 발간된 『조선대백과사전』에 기재되어 있다.[81]

1949년 9월 교과서에서 사라진 지용의 시는 정부 당국이

1988년 납·월북작가에 대한 해금조치를 취할 때까지 40여 년 동안 우리의 주변에서 찾아볼 수 없었다. 풍문에 의해 부풀려지거나 금기의 복면을 쓰고 구전되는 시인의 시로서 존재했던 것이다. 반공 이데올로기가 우리 사회의 지배 담론으로 자리잡고 있었기 때문이다. 1980년 광주민주화운동 이후 사회적 분위기가 해빙의 기류를 향해 조금씩 성숙하기 시작할 무렵 이 공백에 대한 구체적인 움직임이 일기 시작했다.

1982년 6월 그의 유족 대표 정구관과 조경희·백철·송지영·이병도·김동리·모윤숙·최정희·유종호·김학동 등의 원로 문인들과 학계가 중심이 되어 정지용 저작의 복간 허가를 위한 진정서를 관계 요로에 제출했다. 그러나 공식적인 해금조치가 취해지기에는 아직 때가 무르익지 않아서인지 그로부터 6년이 지나서야 정지용에 대한 해금이 공식화된다. 일반독자들이 어디서나 지용시를 접할 수 있는 상업적 출판이 이때부터 가능해진 것이다.

156

문학적 복권과 새로운 평가

―1988년부터 2006년까지

　지용의 생애는 비극적으로 끝맺지만 그에게는 또 다른 복권과 부활의 시기가 남아 있었다. 오직 시를 통해서 부활한 그 시기는 일단 1988년 해금으로부터 이 글이 작성된 2006년까지이다. 1988년 서울올림픽을 몇 달 앞둔 3월 30일 정지용·김기림 등의 작품이 정부 당국에 의해 공식적으로 해금되었고, 10월 27일에는 납·월북작가 104명의 작품도 판금조치가 해제되었다. 1950년 6월 정지용의 작품이 공식적인 지면에서 사라진 뒤 38년 만의 일이다. 정지용과 그의 작품은 일제치하의 36년보다 2년이나 초과한 세월 동안 장막의 저편에서 해금의 날을 기다려야 했다. 정지용 자신의 정치적 판단이나 잘못 때문이었다기보다는 역사의 파란곡절이 그로 하여금 어두운 시대의 아픔을 처절하게 겪도록 만들었던 것이다. 이는 지용만의 일이 아니다. 반공 논리가 엄혹하던 시절 남쪽에 남겨진 지용의 가족들 또한 붉은 낙인이 찍혀 제대로 사회활동을 할 수 없게 했다. 정지용이 해금되자 그의 오랜 문우이자 열렬한 지지자였던 이양하는 그 감격을 다음과 같이 썼다.

날치 주뎅이
말을 콕 쪼아대다

먹돌 모양
혀 위에 놓고 돌리다

조개처럼
다물고 깊이 잠기다

진주처럼
자라 동글고

진주모양
알알이 무지개 서도

그제 다시

입밖에 뱉어

자개모양
알알이 주워박다

하나하나
서로 마주 비치다

반석 모양
치어 옴쩍 않고―

조선 하늘
만년 빛나리로다.
• 「오오 그대여」[82] 전문

   '지용에게 바치는 시'라는 부제가 붙은 이 시는 30년대 이미 지용을 천재시인이라 높이 평가한 이양하의 절절한 애정이 담겨 있을 뿐만 아니라 그 문학이 앞으로 "만년 빛나리로다"라는 예언적 선언까지 담고 있다. 그만큼 지용시가 한국인들에게 오래도록 사랑받고 읽혀지기를 바라는 간절한 염원이 그에게 있었기 때문일 것이다. 해금과 더불어, 아니 공식적인 해금 직전에 간행된 것이 김학동이 편한 『정지용전집 1 시』, 『정지용전집 2 산문』(1988. 2)이다. 이에 앞서 김학동은 『정지용 연구』(1987. 11)를 간행했는데, 정지용 작품에 대한 전면적인 해금을 앞두고 이루어진 각고의 노작으로 평가된다. 해금 이후 정지용 연구는 이 세 권을 기본으로 이루어졌으며, 원전 대조와 자료 검토로 이루어진 수준 높은 성과를 보여주는 이런 작업은 쉽게 보기 어려운 것이었다.

지용이 해금되던 1988년 4월에는 지용시를 사랑하는 후배·제자·문인 등이 모여 '지용회'를 결성하고 그의 고향 충북 옥천에서 '지용제' 개최와 '지용문학상' 시행 등에 관해 합의했다. 그리하여 다음해인 1989년 5월 제1회 지용문학상 수상작으로 박두진의 시 「書翰體」가 결정되었으며, 지용의 시 「향수」를 새겨 넣은 시비가 옥천에 세워졌다.

박두진은 정지용이 『문장』에 추천하여 등단한 시인으로서 청록파 조지훈과 박목월이 이미 타계한 상황에서 박두진의 제1회 지용문학상 수상은 그동안의 문학적·역사적 공백을 뛰어넘는 하나의 문학사적 사건이라 할 수 있다.

노래해다오. 다시는 부르지 않을 노래로 노래해다오, 단 한번만 부르고 싶은 노래로 노래해다오. 저 밤하늘 높디높은 별들보다 더 아득하게 햇덩어리 펄펄 끓는 햇덩어리보

다 더 뜨겁게, 일어서고 주저앉고 뒤집히고 기어오르고 밀
고 가고 밀고 오는 바다 파도보다도 서 설레게 노래해다
오. 노래해다오, 꽃잎보다 바람결보다 빛살보다 더 가볍
게, 이슬방울 눈물방울 수정알보다 더 맑디맑게 노래해다
오. 너와 나의 넋과 넋, 살과 살의 하나됨보다 더 울렁거리
게, 그렇게보다 더 황홀하게 노래해다오 환희 절정 오싹하
게 노래해다오, 영원 영원의 모두, 끝과 시작의 모두, 절정
거기 절정의 절정을 노래해다오. 바다의 바닥 심연의 심연
을 노래해다오.

• 「서한체」[83) 일부

박두진의 이 시는 마치 불의의 사고로 세상을 떠난 스승
지용에게 보내는 깊고 깊은 심연의 노래라는 느낌을 준다.
세월의 흐름과 세상의 인심이 전혀 무심하지 않았던 탓인지
2001년 2월 26일 제3차 이산가족 상봉의 자리에 북에 있던
지용의 3남 구인이 남에 있던 형 구관과 여동생 구원을 만나
게 되었으니, 이 삼남매의 감격적인 재회와 통탄의 눈물은
그들 가족만의 아픔이 아니라 남북 분단과 6·25 한국전쟁으
로 인한 이산가족을 포함한 모든 한국인들의 아픔이었다.

2002년은 정지용 시인 탄생 100주년의 해였다. 문단과 학
계에서는 다음과 같은 기념학술대회와 세미나를 통해 이 역

사적인 해를 기념했다.

정지용 시인 탄생 100주년 기념 문학 포럼
일시: 2002년 5월 11일
장소: 옥천문화원
주최: 옥천 군청 · 옥천 문화원 · 지용회
발표자: 유종호 · 이숭원 · 최동호

한국시학회 제9회 전국학술대회: 한국현대시 100년 정리 Ⅳ
—탄생 100주년 시인 집중조명(1) 정지용
일시: 2002년 5월 18일
장소: 육군사관학교 홍무관 세미나실
주최: 한국시학회 · 육군사관학교 국어과
발표자: 김용직 · 오탁번 · 김종윤 · 오성호 · 김영미 ·
　　　　김종태

정지용 · 채만식 탄생 100주년 기념 학술대회
일시: 2002년 10월 11일
장소: 현대문학관
주최: 동서문학 · 문학사와 비평학회
발표자: 김윤식 · 최동호 · 심경호 · 류보선 · 방민호

탄생 100주년을 맞아 한 시인을 위한 세미나가 세 차례나 이루어졌다는 것은 현대시사상 매우 드문 일이다.

정지용이 1926년에 쓴 동시「굴뚝새」를 필자가 발굴하여 공개했다.[84]「굴뚝새」는 1926년 12월『신소년』에 발표된 동시라는 것만 알려졌을 뿐 그동안 남한에서는 거론되거나 발견되지 않았던 작품인데, 평양 문학예술종합출판사가 1993년 7월에 출간한『1920년대 아동문학집』제1권(류희정 엮음)에 실려 있다.

　굴뚝새 굴뚝새

　어머니—
　문 열어놓아주오, 들어오게
　이불안에
　식전내—재워주지

　어머니—
　산에 가 얼어죽으면 어쩌우
　박쪽에다
　숯불 피워다주지
　•「굴뚝새」전문

초기 다른 동시편에 비하여 손색이 없는 작품이다. 천진한 시심이 재치 있게 표현되어 있다. 고향시편으로 분류할 수 있는 「그리워」가 또한 필자에 의해 발굴되어 2002년 10월 1일 『중앙일보』에 실렸다.[85] 발표 지면은 정확히 확인되지 않았으나, 1992년에 발간된 북한측의 자료 『현대조선문학전집 15, 1920년대 시선』(3)(류희정 엮음, 문학예술종합출판사) 358쪽에 실려 있다. 박태일이 1926년 11월에 발표된 지용의 동요 「넘어 가는 새」와 「겨울ㅅ 밤」 두 편과 1950년 1월에 발표된 「의자」를[86], 뒤이어 이순욱도 1950년 2월에 발표된 「처」, 「여제자」, 「녹번리」 등 세 편의 시를 발굴하고 이에 대한 심도 있는 분석을 보여주었다. 최근의 발굴작업으로 1950년 전후의 지용과 그의 시에 대한 연구 성과가 활발하게 축적되어 그 공백을 메울 수 있게 된 것이다.

정지용의 문학사적 의미망

2002년 5월 11일 지용의 고향 옥천에서 거행된 정지용 탄생 100주년 문학 포럼에서 유종호는 지용의 시사적 의미를 다음과 같이 피력했다.

1920년대에 출중한 시편을 보여주면서 1935년에 처녀시집을 상자했고, 1941년에 분명히 시인으로서의 성숙을 보여주는 제2시집을 간행한 정지용에 와서 비로소 우리는 20세기 최초의 직업적 전문적 시인을 보게 된다는 것이 필자의 소견이다. 이러한 판단은 작품의 성취도나 어느 정도의 작품적 균질감이나 20년에 걸친 지속적인 정진과 관련되지만 무엇보다 시가 언어예술이라는 사실을 열렬히 자각했다는 사실과 관련된 것이다.[87]

어떻게 보면 과하다고도 느껴지는 유종호의 이러한 문학
사적 평가는 지용이 문학사에서 사라져버렸을 때 누구보다
앞장서서 지용시의 문학적 의미를 설파한 비평가로서 남다
른 시각이 돋보이는 지적이다. 20세기 최초의 직업적 전문시
인으로서 지용의 문학적 의미가 단절되지 않고 지속될 수 있
었던 것은, 유종호나 김학동을 비롯한 많은 문학적 지지자가
뒷받침하고 있었기 때문일 것이다. 필자 또한 같은 포럼에서
정지용의 문학사적 의미를 다음과 같이 요약한 바 있다.

　　탄신 백주년을 맞아 정지용의 문학사적 의미를 돌이켜
　보니 그가 한국 현대시의 아버지라는 말을 새삼 음미하게
　된다. 그 이유는 지금까지 거론한 바대로 성정의 미학에
　근거하여 한국 현대시를 주체적으로 환골탈태시켰다는 것
　이 그 첫째요, 다음으로는 이상의 시를『카톨릭청년』에 소
　개하고, 조지훈·박두진·박목월을『문장』지를 통해 추천
　하였으며, 해방 후 윤동주의 저항시를『경향신문』에 소개
　하고 유고 시집『하늘과 바람과 별과 시』를 간행하는 데
　주도적 역할을 하였다는 점이다. 이상의 서구적 근대 감
　각, 조지훈·박두진·박목월의 전통적 서정의 감각, 그리
　고 윤동주의 저항시적 감각 등의 다양한 시적 감각들이 우
　리 시문학사에 주류적 흐름으로 자리매김하는 데 공헌하

였다는 점에서 정지용은 가히 한국 현대시사의 결정적인 이정표가 된다.[88)]

위의 글은 두 가지로 집약된다. 우선 전통의 현대적 혁신이 그것이요, 다음으로는 서구적 감각과 전통 서정시의 감각을 결합하여 문학사의 흐름을 연속시키는 동시에 윤동주를 부활시킴으로써 식민치하의 저항시적 맥을 민족사적 의미로 되새겨놓았다는 것이다.

아마도 앞으로 한국에서 정지용보다 더 화려한 언어를 구사할 수 있는 시인은 얼마든지 출현할 수 있을 것이다. 그러나 정지용이 20세기 한국 현대시사에 미친 것과 같이 깊고 넓은 문학사적 의미를 갖는 시인은 쉽게 탄생하기 어려울 것이다. 정지용 이전에 김소월과 한용운이 있었다고 하지만, 그들은 정지용만큼 투명한 눈으로 사물을 투시하고 향토적인 어휘를 구사한 시인들이라 보기 어렵다. 지용시에 이르러 한국어는 현대적 모국어로서 자각되었으며 민족 언어의 완성을 향한 첫발을 내디뎠다 보는 것이 오늘 우리가 말할 수 있는 가장 정확한 평가일 것이다. 20세기 전반의 식민지시대, 그리고 후반의 분단시대를 살아야 했던 까닭에 한국인들이 겪어야 했던 고난은 필설로 형언하기 어려운 것이었으며, 그중에서도 특히 지용이 겪어야 했던 인간적 고뇌와 비극은 남다른 것이었다. 그런 맥락에서 그가 이룬 문학적 업적은 그가 윤동주를 논하면서 말한 '약육강골'의 것으로 우리 문학사에 영원히 기록될 것이다. 언어는 약한 것이지만 거기에 담긴 정신은 강하다는 말을 여기서 실감한다. 아니, 인간은 역사의 소용돌이에 휩말리기 쉽지만 시인은 시를 통해 불멸성을 얻는다는 말이다. 지용의 험난한 인생도정은 그 개인에게 인간적으로는 극히 안타까운 일에 틀림없으나, 오히려 그의 문학적 불멸성을 위해서는 필연적 영향으로 작용함으로써 한국문학의 격상된 위치를 확보하는 지렛대 역할을 했다.

주

1) 김환태, 「鄭芝溶論」, 『김환태전집』, 현대문학사, 1972, 80쪽.

2) 최동호 엮음, 『정지용사전』, 고려대학교출판부, 2003.

3) 정지용, 「수수어 2-1」, 김학동 엮음, 『정지용전집 2 散文』, 민음사, 1988, 30쪽. 이후 『전집 2』라 표기함.

4) 이 글에서 인용된 시는 모두 김학동 엮음, 『정지용전집 1 詩』, 민음사, 1988에 의거하였다. 이후 『전집 1』이라 표기함.

5) 정지용, 「대단치 않은 이야기」, 『전집 2』, 427쪽.

6) 박팔양, 「요람시대의 추억」, 『중앙』, 1936. 7, 46쪽.

7) 정지용, 「三人」, 『전집 2』, 236쪽.

8) 정지용, 「조택원의 무용에 관한 것」, 『전집 2』, 332쪽.

9) 진순성, 「인도의 세계적인 대시인 라빈드라나드, 타쿠르」, 『청춘』, 1917. 11, 99쪽, 100쪽.

10) 김용직, 「R. TAGORE의 수용」, 『한국현대시연구』, 일지사, 1974, 96쪽.

11) 타고올, 김억 옮김, 『기탄잘리』, 이문관, 1923.

12) 타고올, 김억 옮김, 『원정』, 회동서관, 1924. 12.

13) 타고올, 김억 옮김, 『신월』, 문우당, 1924. 4.

14) 김병철, 『한국근대번역문화사 연구』, 을유문화사, 1975, 454쪽.

15) 정의홍, 『정지용의 시 연구』, 형설출판사, 1995, 34쪽.

16) 최동호, 『사랑과 혁명의 아우라 한용운』, 건국대학교출판부, 2001, 37쪽.

17) 김기림, 「모더니즘의 역사적 위치」, 『시론』, 백양당, 1947, 76쪽.

18) 『카톨릭청년』 1호, 1933. 6.

19) 『카톨릭청년』 9호, 1934.

20) 정지용, 「합숙」, 『전집 2』, 178쪽, 179쪽.

21) 김기진, 「단편 서사시의 길로」, 『조선문예』, 1929. 5, 44쪽.

22) 사나다 히로코, 『최초의 모더니스트 정지용』, 역락, 2002, 64쪽 참조.

23) 김환태, 「경도에서의 3년」, 앞의 책, 1972, 281쪽.

24) 권영민, 『정지용시 126편 새로 읽기』, 민음사, 2003, 53쪽.

25) 유종호, 「시와 말의 사회사 3」, 『서정시학』, 2006 겨울, 2006. 12, 217쪽.

26) 『조선지광』 69호, 1927. 1.

27) 『조선지광』 85호, 1930. 1.

28) 이숭원, 『정지용 시의 심층적 탐구』, 태학사, 1999, 34쪽에 지용의 자녀와 시의 상관성이 밀도 있게 논의되어 있다.

29) 사나다 히로코 , 앞의 책, 2002, 165~181쪽 참조.

30) 김학동, 『정지용 연구』, 민음사, 1987, 128쪽 참조.

31) 정지용, 「素描 1」, 『전집 2』, 12쪽.

32) 정지용, 「素描 2」, 『전집 2』, 14쪽.

33) 정지용, 「素描 3」, 『전집 2』, 17쪽.

34) 정지용 · 김구슬 옮김, "The Imagination of William Blake", 최동호 엮음, 『정지용사전』, 고려대학교출판부, 2002, 546쪽 참조.

35) 김윤식, 『근대시와 인식』, 시와시학사, 1991, 307쪽.

36) 김환태, 「경도에서의 3년」, 앞의 책, 1972, 283쪽, 284쪽.

37) 류복현, 『용아 박용철의 예술과 삶』, 광산문화원, 2002, 412쪽.

38) 『조선지광』, 1930. 1.

39) 『신생』 27호, 1931. 1.

40) 박용철, 「올해 시단 총평」, 『동아일보』, 1935. 12. 24~28.

41) 「후기」, 『시문학』 창간호, 1930. 3, 39쪽.

42) 『시문학』 3호에 발표될 때의 제목은 「無題」이다.

43) 『신여성』 10권 11호.

44) 『신생』 37호.

45) 정지용의 신앙시편에 대해서는 유성호, 「정지용의 '종교시편'
    에 관한 연구」, 김신정 엮음, 『정지용의 문학세계 연구』, 깊은샘,
    2001, 151~176쪽 참조.

46) 류복현, 앞의 책, 2002, 360쪽 참조.

47) 이양하, 「바라든 지용시집」, 『조선일보』, 1935. 12. 11.

48) 최재서, 「문학·작가·지성」, 『동아일보』, 1937. 8. 20.

49) 유종호, 「정지용의 당대 수용과 비판」, 옥천군·옥천문화원·
    지용회 엮음, 『문학포럼―정지용시인 탄생 100주년 기념』,
    2002, 11~40쪽.

50) 최동호 엮음, 앞의 책, 2003, 256쪽.

51) 권영민, 앞의 책, 2003, 85~96쪽, 639~641쪽.

52) 정지용, 「수수어 3-2」, 『전집 2』, 41쪽.

53) 김종길, 「자연, 시, 동아시아 전통」, 『2000서울국제문학포럼
    Session II』, 대산문화재단, 2000. 9, 54~61쪽.

54) 김용희, 『정지용시의 미학성』, 소명출판, 2004, 83쪽.

55) 정지용, 「수수어 2-4」, 『전집 2』, 36쪽, 37쪽.

56) 정인보, 『담원문록』, 연세대학교출판부, 1967, 352쪽.

57) 정지용,「날은 풀리며 벗은 앓으며」,『전집 2』, 157쪽, 159쪽.

58) 류복현, 앞의 책, 2002, 370쪽 참조.

59) 정지용,「날은 풀리며 벗은 앓으며」,『전집 2』, 158쪽.

60) 정지용,「逝往錄 上」,『전집 2』, 170쪽.

61) 정지용,「영랑과 그의 시」,『전집 2』, 261쪽.

62) 김환태,「정지용론」, 앞의 책, 1972, 81쪽.

63) 이 시에 대한 해석은 최동호,「소묘된 풍경의 여백과 기운생동의 미학」,『어문연구』50집, 2006. 4의 377〜389쪽 참조.

64) 정지용,「조선시의 반성」,『전집 2』, 266쪽.

65) 김종욱,「전집에서 볼 수 없었던 정지용 미공개 작품」,『문학사상』, 2006. 1, 293〜301쪽 참조.

66) 정지용,「윤동주 시집 序」,『전집 2』, 313쪽.

67) 윤해연,「정지용의 시와 한문학의 관련 양상 연구」, 인하대 박사학위논문, 2001. 2, 11쪽, 12쪽.

68) 같은 글에서 재인용 후 필자가 윤문을 하였다.

69) 정지용,「조선시의 반성」,『전집 2』, 270쪽, 271쪽.

70) 이순욱,「국민보도연맹시기의 정지용의 시 연구」,『한국문학논총』제41집, 2005. 12, 53〜76쪽 참조.

71) 같은 글, 60쪽.

72) 박태일,「새 자료 발굴로 본 정지용의 광복기 문학」,『한국근대문학의 실증과 방법』, 소명출판, 2004, 85쪽.

73) 이순욱, 앞의 글, 2005, 60쪽, 61쪽 참조.

74) 정지용,「상허에게」,『서울신문』, 1949. 12. 5, 3쪽.

75)『새한민보』제4권 1호, 서울신문사, 1950, 34쪽, 35쪽.

76) 이순욱, 앞의 글, 2005, 69쪽.

77) 같은 글, 69쪽.

78) 최정희, 『찬란한 대낮』, 문학과지성사, 1976, 264쪽.

79) 김팔봉, 「백조 동인과 종군작가단」 『현대문학』 9권 9호, 1962. 9, 30쪽.

80) 민숙현 · 박해경, 『한 가람 봄바람에 ― 梨花100년野史』, 461쪽.

81) 『동아일보』, 2001. 2. 26 참조.

82) 이양하, 「오오 그대여 ― 지용에게 바치는 시」, 『일간스포츠』, 1988. 4. 4.

83) 박두진, 『박두진시선』, 깊은샘, 1989, 25쪽.

84) 『조선일보』, 2002. 1. 31, 21면.

85) 『중앙일보』, 2002. 10. 1, 19면.

86) 박태일, 앞의 책, 2004, 148쪽, 149쪽 참조.

87) 유종호, 앞의 글, 2002. 5, 14쪽.

88) 최동호, 「정지용의 산수시와 성정의 시학」, 옥천군 · 옥천문화원 · 지용회 엮음, 앞의 책, 2002, 92쪽.

※ 이 책을 서술하는 과정에서 김학동 교수가 엮은 『정지용전집』 1 · 2(민음사, 1988)과 『정지용연구』(민음사, 1987)가 중요한 길잡이가 되었다. 정지용 시의 해금을 전후한 시기에 정지용 연구의 초석을 놓은 김학동 교수를 비롯한 여러분의 선구적 업적에 깊이 감사드린다.

참고문헌

기초 자료

정지용,『鄭芝溶 詩集』, 시문학사, 1935.

_____,『白鹿潭』, 문장사, 1941.

_____,『芝溶 詩選』, 을유문화사, 1946.

_____,『芝溶文學讀本』, 박문출판사, 1948.

_____,『散文』, 동지사, 1949.

김학동 엮음,『정지용전집』1(시), 민음사, 1988.

_____,『정지용전집』2(산문), 민음사, 1988.

유종호 엮음,『유리창』, 민음사, 1995.

이숭원 주해,『원본 정지용시집』, 깊은샘, 2003.

최동호 엮음,『정지용사전』, 고려대학교출판부, 2003.

서평 및 단평

김광현,「내가 본 시인」,『민성』4권 9호, 1948. 10.

김기림,「1933년 시단의 회고와 전망」,『조선일보』, 1933. 12. 7~13.

_____,「모더니즘의 역사적 위치」,『인문평론』창간호, 1939. 10.

_____, 「문단시평」, 『신동아』, 1933. 9.

_____, 「정지용시집을 읽고」, 『조광』, 1936. 1.

김동석, 「시를 위한 시―정지용론」, 『상아탑』 5권, 1946. 3.

김춘수, 「신시 60년의 문제들」, 『신동아』, 1968. 6.

김팔봉, 「'백조' 동인과 종군작가단―나의 문단교우사」, 『현대문학』 105호, 1963. 9.

김환태, 「경도의 3년」, 『조광』, 1936. 8.

_____, 「정지용론―감정과 지성의 조화와 상상력」, 『삼천리문학』 2호, 1938. 4.

모윤숙, 「정지용시집을 읽고」, 『동아일보』, 1935. 12. 2.

박두진, 「솔직하고 겸허한 시인적 천분―내가 만난 정지용 선생」, 『문학사상』 183호, 1988. 1.

박용구, 「독설 속의 동심」, 『동아춘추』, 1963. 4.

박용철, 「신미시단의 회고와 비판」, 『중앙일보』, 1931. 12. 7.

_____, 「올해시단 총평」, 『동아일보』, 1935. 12. 24~28.

_____, 「병자시단의 1년 성과」, 『동아일보』, 1936. 12.

박종화, 「감각의 聯珠―정지용시집」, 『매일신보』, 1935. 12. 12~13.

_____, 「월탄회고록」, 『한국일보』, 1973. 1. 20.

박팔양, 「요람시대의 추억」, 『중앙』, 1936. 7.

변영로, 「정지용군의 시」, 『신동아』, 1936. 1.

石　殷, 「시인의 법열―지용 예술에 관하여」, 『국도신문』, 1949. 5. 13~17.

신석정, 「정지용론」, 『풍림』, 1937. 4.

양주동, 「1933년 시단연평」, 『신동아』, 1933. 12.

여　수, 「정지용시집에 대하여」, 『조선중앙일보』, 1935. 12. 7.

_____, 「지용과 임화의 시」, 『중앙』, 1936. 1.

유병석, 「절창에 가까운 시인집단」, 『문학사상』, 1975. 1.

유종호, 「현대시의 50년」, 『사상계』, 1962. 5.

유치환, 「예지를 잃은 슬픔」, 『현대문학』, 1963. 9.

윤재걸, 「납북작가의 가족들」, 『문예중앙』, 1983 여름호.

윤형중, 「카톨리시즘은 현대문화에 있어서 엇던 위치에 섯는가?」, 『조선일보』, 1933. 8. 26~9. 5.

이고산, 「정지용시집에 대하여」, 『조선중앙일보』, 1936. 3. 25.

이동구, 「카톨릭문학에 대한 당위의 문제」, 『동아일보』, 1933. 10. 24~26.

이병각, 「예술과 창조」 1~6, 『조선일보』, 1936. 6. 1~7.

이양하, 「바라든 지용시집」, 『조선일보』, 1935. 12. 7~12. 10.

이해문, 「중견시인론」, 『시인춘추』 2, 1938. 1.

임 화, 「曇天下의 시단 1년」, 『신동아』, 1935. 12.

_____, 「카톨릭문학비판」, 『조선일보』, 1933. 8. 11~18.

조연현, 「산문정신의 모독―정지용 씨의 산문 문학관에 대하여」, 『예술조선』, 1948. 9.

_____, 「수공업 예술의 말로―정지용 씨의 운명」, 『평화일보』, 1947. 8. 20~21.

조용만, 「나와 구인회시대―시인 정지용」, 『대한일보』, 1966. 9. 18.

조지훈, 「한국현대시사의 반성」, 『사상계』, 1962. 5.

주요한, 「노래를 지으려는 이에게」, 『조선문단』 창간호, 1924. 10.

최재서, 「문학 · 작가 · 지성」, 『동아일보』, 1937. 8. 20.

최태웅, 「정지용의 비극」, 『사상계』, 1962. 12.

홍효민, 「정지용론」, 『문화창조』 2호, 1947. 3

황 욱, 「분격한 카톨리시즘―교인들의 반박 태도를 박함」, 『조선일보』, 1933. 9. 14.

정지용 연보

1902년(1세)   6월 20일(음력 5월 15일), 충북 옥천군 옥천면 하
계리 40번지에서 부 연일 정씨(延日鄭氏) 태국(泰
國)과 모 하동 정씨(河東鄭氏) 미하(美河) 사이에
서 장남으로 태어남. 원적은 충북 옥천군 옥천면
하계리 40번지(당시 주소는 옥천 내면 상계전 7통
4호). 부친 태국은 한약상을 경영하여 생계를 유지
했으나, 어느 해 여름에 갑자기 밀어닥친 홍수의
피해로 집과 재산을 모두 잃고 경제적으로 무척 어
렵게 되었다고 함. 형제는 부친의 둘째 부인과의
사이에서 태어난 이복 동생 화용(華溶)과 계용(桂
溶)이 있었는데, 화용은 요절했고 계용만 충남 논
산에서 살다가 최근 사망했다고 함. 자녀는 구관
(求寬)·구익(求翼)·구인(求寅)·구원(求園)·
구상(求翔) 등이 있었으나, 현재는 장남과 장녀만
서울에 살고 있음. 정지용의 아명은 어머니의 태몽
에서 유래되어 '지용'(池龍)이라 했고, 이 발음을
따서 본명을 '지용'(芝溶)으로 함. 필명은 '지용'이
며, 창씨명은 '오오유미 오사무'(大弓修), 천주교

세례명은 '프란시스코'〔方濟角〕. 휘문중학교 재직 시 학생들 사이에서 '신경통'(神經痛)과 '정종'(正宗) 등의 별명으로 불렸다고 함. 모윤숙과 최정희 등의 여류 문인들이 '닷또상'(소형 자동차)이라고 부르기도 함.

1910년(9세) 4월 6일, 충북 옥천공립보통학교(현재 죽향초등학 교)에 입학. 학교 소재지는 옥천 구읍이며, 생가에 서 5분 거리에 있음.

1913년(12세) 3월 25일, 옥천공립보통학교(4년제)를 4회로 졸 업. 이때 졸업생은 16명으로 강인원·곽정길·송 재문·유춘수·이종렬·유재경·박상섭·정지 용·유인섭·오병택·전좌한·강낙도·임선재· 김현석 등. 충북 영동군 심천면에 사는 은진 송씨 (恩津宋氏) 명헌의 딸 재숙(在淑)과 결혼함.

1915년(14세) 집을 떠나 처가의 친척인 서울 송지헌의 집에 기숙 하며 여러 가지 일을 하였다고 전해짐. 1918년 휘 문고보에 진학하기 전까지 4년간 집에서 한문을 수학한 것으로 되어 있으나 확실하지는 않음.

1918년(17세) 4월 2일, 사립 휘문고보에 입학. 그때 서울의 주거 지는 경성 창신동 143번지 유필영씨 방임. 휘문고 보 재학 당시 문우로는 동교의 3년 선배인 홍사용 과 2년 선배인 박종화, 1년 선배인 김윤식, 동급생 인 이선근·박제찬과 1년 후배인 이태준 등이 있 었음. 학교 성적은 매우 우수했으며 1학년 때는 88 명 중 수석. 집안이 넉넉지 못하여 교비생으로 학 교를 다님. 이 무렵부터 정지용은 문학적 소질을 발휘하기 시작하여 주변의 칭찬을 받았으며, 한편으로는 박팔양 등 8명이 모여 요람동인(搖籃同人)을 결성하기도 함. 하지만 아직 그 중의 한 권도 발견되지 않아 그 정확한 사실은 알 수가 없음. 정지용과 박세찬이 일본 교토(京都)에 있는 도시사대학(同志社大學)에 진학한 뒤에도 동인들 사이에는 원고를 서로 돌려가면서 보았다고 함.

1919년(18세)   휘문고보 2학년 때 3·1운동이 일어나 그 후유증으로 가을까지 수업을 받지 못함. 그의 학적부를 보면 3학기 성적만 나와 있고, 1·2학기는 공란으로 처리되어 있음. 이 무렵 휘문고보 학내 문제로 야기된 휘문사태의 주동이 되어 전경석은 제적당하고 이선근과 정지용은 무기정학을 받았음. 그러나 교우들과 교직원들의 중개 역할로 휘문사태가 수습되면서 곧바로 복학.

12월, 『서광』지 창간호에 소설 「삼인」을 발표했는데, 이것은 지금까지 전해지고 있는 정지용의 첫 발표작.

1922년(21세)   3월, 휘문고보 4년제를 졸업. 이해에 학제 개편으로 고등보통학교의 수업 연한이 5년제(1922~38)가 되면서, 졸업반 61명 중 10명이 5년제로 진급한 것 같음. 그러나 학적부의 기록은 4년분만 기록되어 있음. 휘문고보 재학생과 졸업생이 함께 하는 문우회의 학예부장직을 맡아 『휘문』 창간호의 편집위원이 됨. 이 교지는 니이가키 나가오(新垣永男)라는 일인 교사가 실무를 맡았고, 김도태 선생

의 지도 아래 정지용·박제찬·이길풍·김양현·
전형필·지창하·이경호·민경식·이규정·한상
호·남천국 등이 학예부 부원으로 있었음. 마포 하
류 현석리에서「風浪夢」을 쓴 것으로 전해짐. 이 작
품은 현재 전해지고 있는 정지용의 첫 시작(詩作).

1923년(22세)   정지용 등 문우회 학예부원들이 편집한『휘문』창
간호가 출간됨.
3월, 휘문고보 5년제를 졸업한 것으로 보임.
4월, 휘문고보 동창인 박제찬과 함께 일본 교토에
있는 도시샤대학 예과에 입학. 이때 정지용의 학비
는 휘문고보측에서 보조한 것으로 전해지고 있음.
4월, 그의 대표작의 하나인「鄕愁」를 씀.

1924년(23세)   도시샤대학 시절, 시「柘榴」,「민요풍 시편」,
「Dahlia」,「紅春」,「산엣 색씨 들녘사내」 등을 씀.

1925년(24세)   교토에서,「샛빨안 기관차」,「바다」,「幌馬車」 등의
작품을 씀.

1926년(25세)   3월, 예과를 수료하고 4월 영문학과에 입학. 시작
품「갑판 우」,「바다」,「湖面」,「이른 봄 아츰」을 씀.
『學潮』,『新民』,『文藝時代』와 일본 문예지『近代風
景』 등에 시작품을 발표.

1927년(26세)   작품「뻣나무 열매」,「갈메기」 등 7편을 교토와 옥
천 등지를 내왕하면서 씀.『신민』,『문예시대』,『근
대풍경』,『조선지광』,『학조』,『신소년』 등에 40편의
시작품과 5편의 산문 및 기타 작품을 발표.

1928년(27세)   음력 2월, 옥천군 내면 상계리 7통 4호(하계리 40
번지) 자택에서 장남 구관 출생.「우리나라 여인들

은」, 「갈메기」등 시 4편을『근대풍경』,『동지사문학』,『조선지광』등에 발표.

1929년(28세) 3월, 도시샤대학 영문과를 졸업하고, 9월 모교인 휘문고보 영어과 교사로 취임. 이때 학생들 간에는 시인으로서 인기가 높았다고 함. 동료로서는 김도태·이헌구·이병기 등이 있었음.

12월, 「유리창」을 씀. 부인과 장남을 솔거하여 옥천에서 서울 종로구 효자동으로 이사.

1930년(29세) 3월, 박용철·김윤식·이하윤 등과 함께『시문학』동인에 가담하여 시작품 발표. 시작활동이 활발했던 한 해로『조선지광』,『시문학』,『대조』,『신소설』,『학생』등에 「겨울」, 「유리창」등의 20여 편의 시작과 「소곡」등의 역시(윌리엄 블레이크) 3편을 발표.

1931년(30세) 12월, 서울 종로구 낙원동 22번지에서 차남 구익 출생.『신생』,『시문학』,『신여성』,『문예월간』등에 7편의 시작을 발표.

1932년(31세) 「고향」, 「기차」, 「난초」등 10여 편의 작품을『문예월간』,『신생』,『동방평론』등에 발표.

1933년(32세) 7월, 종로구 낙원동 22번지에서 3남 구인 출생함.

6월에 창간된『카톨릭청년』지의 편집을 돕는 한편, 「해협의 오전 두시」등 8편의 시와 「소묘」1·2·3·4·5 등을 발표.

8월, 반카프적 입장에서 순수문학의 옹호를 취지로 이종명과 김유영 등이 발기·결성한 '구인회'에 이태준·이무영·유치환·김기림·조용만 등과 함께 가담.

1934년(33세)   서울 종로구 재동으로 이사.

12월, 재동 자택에서 장녀 구원 출생. 『카톨릭청년』에 「다른 한울」, 「또 하나 다른 태양」 등 4편의 신앙시 발표.

1935년(34세)   10월, 시문학사에서 첫시집 『정지용시집』이 간행됨. 총수록 시편수는 89편으로 거의 그 이전의 잡지에 발표된 작품들임. 「홍역」, 「비극」 등 9편의 시를 『카톨릭청년』, 『시원』, 『조선문단』 등에 발표.

1936년(35세)   12월, 종로구 재동에서 5남 구상 출생.

3월, '구인회' 동인지 『시와소설』 창간호가 간행되었는데, 정지용은 여기에 「유선애상」이란 시를 실음.

「明眸」와 「수수어」 등을 『중앙』, 『조선일보』, 『조광』지에 발표.

1937년(36세)   서울 서대문구 북아현동으로 이사.

8월, 5남 구상 병사.

「수수어」, 「옥류동」, 「별똥이 떨어진 곳」 등의 작품을 『조선일보』, 『조광』, 『소년』 등에 발표.

1938년(37세)   시와 산문 등 문단활동이 활발했던 시기로, 「꾀꼬리와 국화」, 「슬픈 우상」 등의 산문시와 「시와 감상」, 「서왕록」 등의 평론과 수필류를 『동아일보』, 『조선일보』, 『여성』, 『조광』, 『소년』, 『삼천리』, 『청색지』 등에 발표. 블레이크와 휘트먼의 시작품을 최재서 엮음, 『해외서정시집』에 역재(譯載)함. 한편 가톨릭 재단에서 주간하는 『경향잡지』의 편집을 도움.

1939년(38세) 5월 20일, 북아현동 자택에서 부친 사망. 충북 옥
천군내 소재의 수북리에 안장.

8월에 창간된 『문장』지에 이태준과 함께 참여하여
이태준은 소설 부문, 정지용은 시 부문의 심사위원
을 맡음. 그리하여 박두진 · 박목월 · 조지훈 등 청
록파 시인과 이한직 · 박남수 · 김종한 등의 많은
신인을 추천함.

「장수산 1 · 2」, 「백록담」 등 7편의 시와 「시의 옹
호」, 「시와 언어」 등 5편의 평론과 시선후 및 수필
20여 편을 『동아일보』, 『박문』, 『문장』, 『학우구락
부』 등에 발표.

1940년(39세) 「畫文行脚」 등의 기행문과 서평 · 시선후와 수필류
를 『여성』, 『태양』, 『동아일보』, 『문장』, 『조선일보』
등에 발표. 「화문행각」은 길진섭 화백과 함께 선
천 · 의주 · 평양 · 오룡배 등지를 여행하면서 쓰고
그린 글과 그림으로 이루어져 있음.

1941년(40세) 1월, 「조찬」, 「진달래」, 「인동차」 등 10편의 시작품
이 『문장』 22호의 특집 '신작 정지용 시집'으로 꾸
며짐.

9월, 『문장』사에서 제2시집 『백록담』이 간행됨. 총
수록 시편은 「장수산 1 · 2」와 「백록담」 등 33편.

이 무렵 정지용은 정신적으로나 육체적으로 무척
피로한 상태였다고 전함.

1942년(41세) 「이토」, 「창」을 『국민문학』, 『춘추』에 발표.

1944년(43세) 제2차 세계대전 말기 일본군이 열세에 몰리며 연합
군의 폭격에 대비하기 위해 내린 서울 소개령에 따

라 부천군 소사읍 소사리로 가족을 솔거하여 이사.

1945년(44세) 8·15해방과 함께 휘문중학교 교사직을 사임하고 10
월에 이화여자전문학교 교수로 옮겨 문과 과장이 됨.
이때 담당 과목은 한국어·영시·라틴어였다고 함.

1946년(45세) 서울 성북구 돈암동 산 11번지로 이사함.
2월, 문학가동맹에서 개최한 작가대회에서 아동분
과위원장 및 중앙위원으로 추대되었으나 참석하지
않았고, 장남 구관이 참가하여 대신 왕유의 시를
낭독함.
5월, 돈암동 자택에서 모친 정미하 사망. 건설출판
사에서 『정지용시집』의 재판이 간행됨.
6월, 을유문화사에서 『지용시선』이 간행됨. 이 시
선에는 「유리창」 등 25편의 시작품이 실려 있는데,
이들은 모두 『정지용시집』과 『백록담』에서 뽑은 것
들임.
8월, 이화여전이 이화여자대학으로 개칭되면서 교
수가 됨.
10월, 경향신문사 주간으로 취임. 이때 사장은 양
기섭, 편집인은 염상섭.
시작품으로는 「애국의 노래」, 「그대들 돌아오시니」
등이 있음.
10월, 백양당과 동명출판사에서 시집 『백록담』 재
판이 간행됨.

1947년(46세) 8월, 경향신문사 주간직을 사임하고 이화여자대학
교 교수로 복직함.
서울대학교 문리과대학 강사로 출강하여 현대문학

강좌에서 『시경』 강의.

『경향신문』에 「청춘과 노년」 등 7편의 역시(휘트먼 원작)와 「사시안의 불행」 등의 수필과 평문 발표.

1948년(47세)   2월, 이화여자대학교 교수직을 사임하고 녹번리의 초당에서 서예를 즐기면서 소일함.

박문출판사에서 산문집 『문학독본』 간행. 이 산문집에는 「사시안의 불행」 등 37편의 평문과 수필·기행문 등이 수록됨.

「산문 1·2」, 「조선시의 반성」 등의 평론과 수필을 『문학』, 『문장』, 『조광』 등에 발표.

1949년(48세)   3월, 도시사에서 『산문』이 간행되었는데, 여기에는 평론·수필·역시 등 총 55편이 실려 있음.

1950년(49세)   3월, 동명출판사에서 시집 『백록담』의 3판이 간행됨.

6·25 한국전쟁 당시 녹번리 초당에서 소정식 등과 함께 정치보위부에 나가 자수 형식을 밟다가 잡혀 납북된 것으로 알려짐. 50년 9월 25일 사망했다는 기록이 북한이 최근 발간한 『조선대백과사전』에 기재되어 있음(『동아일보』 2001년 2월 26일자 신문 참조).

『문예』와 『국도신문』에 「곡마단」, 「사사조오수」, 「남해오월 점철」 등을 발표했는데, 이것이 마지막 시작품과 산문이 됨.

1971년   3월 20일, 부인 송재숙이 서울 은평구 역촌동 자택에서 사망하였고, 묘소는 신세계 공원묘지에 있음.

1982년   6월, 유족 대표 정구관과 조경희·백철·송지영·

이병도·김동리·모윤숙 등 원로 문인들과 학계가 중심이 되어 정지용 저작의 복간 허가를 위한 진정서를 관계 요로에 제출함.

1988년　　3월 30일, 정지용·김기림의 작품이 해금되었고, 10월 27일 납·월북작가 104명의 작품이 해금됨. 『정지용전집』(김학동 엮음) 전2권이 민음사에서 간행됨.

　　　　　4월, '지용회'(회장 방용구)가 결성되어, '지용제'와 '지용문학상' 등의 기념행사가 이루어지고 있음.

1989년　　5월, 정지용의 고향 충북 옥천에 '지용회'와 옥천문화원이 공동으로 「향수」를 새겨넣은 시비(詩碑)를 세웠음.

　　　　　청록파 시인 중 유일한 생존자인 박두진이 제1회 지용문학상을 수상함.

2001년　　2월 26일, 제3차 남북이산가족 상봉으로 북한의 구인 씨가 남한의 형(구관)과 여동생(구원)을 만났으나 시인의 사망 원인이나 장소 등은 해명되지 않았음.

2002년　　정지용이 1926년에 쓴 동시 「굴뚝새」를 정구관 씨의 도움을 받아 최동호가 공개함. 「굴뚝새」는 그동안 남한에서는 거론되거나 발견되지 않았던 작품으로, 평양 문학예술종합출판사가 1993년 7월에 출간한 『1920년대 아동문학집』 제1권(류희정 엮음)에 실려 있음. 이 작품은 1926년 12월 『신소년』에 발표된 것으로 기록되어 있음(『조선일보』 2002년 1월 28일자 기사 참고). 또 고향시편으로 분류할 수 있는 「그리워」가 최동호에 의해 발굴됨. 발표지면은 정확히 확인되지 않았으나, 북한측의 자료 류희정 엮음, 『현대조선문학전집 15 —1920년대 시선(3)』, 문학예술종합출판사, 1992, 358쪽에 실려 있음.

정지용 시인 탄생 100주년으로 옥천군청과 지용회 그리고 한국시학회와 문학사와 비평학회 등의 기관이나 단체들이 기념학술회를 개최함.

2003년   이숭원이 주해한, 『원본 정지용시집』(깊은샘, 2003)과 최동호가 엮은, 『정지용 사전』(고려대학교출판부, 2003)이 간행됨.

2004년   정지용의 큰아들이자 지용기념사업회 이사장인 정구관이 8월 24일 의정부 성모병원에서 별세함. 권영민이 해설한 『정지용 시 —126편 다시 읽기』(민음사, 2004)가 간행됨.

2005년   KBS미디어, 『시대에 갇힌 천재시인, 정지용』(비디오 녹화자료) 제작.

2006년   이석우의 『현대시의 아버지 정지용평전』(충북학연구소, 2006. 6)이 간행됨.
           『芝溶 詩選』이 초판 60년 만에 을유문화사에서 현대어본과 함께 원형 그대로 복간됨.

작품목록

제목	게재지 · 출판사	연도

■ 시

카페 프란스	학조(창간호)	1926. 6
슬픈 印象畵	학조(창간호)	1926. 6
爬蟲類動物	학조(창간호)	1926. 6
지는 해(서쪽한울)	학조(창간호)	1926. 6
띄	학조(창간호)	1926. 6
홍시(감나무)	학조(창간호)	1926. 6
딸레(人形)와 아주머니	학조(창간호)	1926. 6
병(한울 혼자 보고)	학조(창간호)	1926. 6
별똥(童謠)	학조(창간호)	1926. 6
마음의 日記	학조(창간호)	1926. 6
따알리아(Dahlia)	신민(19호)	1926. 11
紅春	신민(19호)	1926. 11
산에서 온 새	어린이(4권 10호)	1926. 11
산엣 색씨 들녁사내	문예시대(창간호)	1926. 11

굴뚝새	신소년	1926. 12
甲板 우	문예시대(2호)	1927. 1
녯니약이 구절	신민(21호)	1927. 1
이른봄 아침	신민(22호)	1927. 2
새빩안 기관차	조선지광(64호)	1927. 2
湖面	조선지광(64호)	1927. 2
바다	조선지광(64호)	1927. 2
내 맘에 맞는이	조선지광(64호)	1927. 2
무어래요	조선지광(64호)	1927. 2
숨ㅅ기내기	조선지광(64호)	1927. 2
비듥이	조선지광(64호)	1927. 2
鄕愁	조선지광(65호)	1927. 3
柘榴	조선지광(65호)	1927. 3
바다	조선지광(65호)	1927. 3
뻣나무 열매	조선지광(67호)	1927. 5
엽서에 쓴 글	조선지광(67호)	1927. 5
슬은 汽車	조선지광(67호)	1927. 5
산넘어저쪽	신소년(5권 5호)	1927. 5
할아버지	신소년(5권 5호)	1927. 5
五月 소식	조선지광(7권 6호)	1927. 6
幌馬車	조선지광(7권 6호)	1927. 6
해바라기씨	신소년(5권 6호)	1927. 6
鴨川	학조(2호)	1927. 6
船醉	학조(2호)	1927. 6
發熱	조선지광(69호)	1927. 7
風浪夢	조선지광(69호)	1927. 7

말	조선지광(69호)	1927. 7
太極扇(太極扇에 날리는 꿈)	조선지광(70호)	1927. 8
말 1	조선지광(71호)	1927. 9
우리나라여인들은	조선지광(78호)	1928. 5
갈매기	조선지광(80호)	1928. 9
琉璃窓 1	조선지광(89호)	1930. 1
겨울	조선지광(89호)	1930. 1
바다 1	시문학(2호)	1930. 5
피리	시문학(2호)	1930. 5
저녁햇살	시문학(2호)	1930. 5
호수 1	시문학(2호)	1930. 5
호수 2	시문학(2호)	1930. 5
청개구리 먼 내일	신소설(3호)	1930. 5
배추벌레	신소설(3호)	1930. 5
아츰	조선지광(92호)	1930. 8
바다	신소설(5호)	1930. 9
絶頂	학생(2권 9호)	1930. 10
琉璃窓 2	신생(27호)	1931. 1
風浪夢 2(바람은 부옵는데)	시문학(3호)	1931. 10
그의 반(無題)	시문학(3호)	1931. 10
촉불과 손	신녀성(10권 11호)	1931. 11
蘭草	신생(27호)	1931. 12
무서운 時計(옵바가시고)	문예월간(2권 2호)	1932. 1
밤	신생(37호)	1932. 1
바람	동방평론(창간호)	1932. 4
봄	동방평론(창간호)	1932. 4

달	신생(42호)	1932. 6
조약돌	동방평론(4호)	1932. 7
汽車	동방평론(4호)	1932. 7
故鄕	동방평론(4호)	1932. 7
毘盧峰	카톨릭청년(창간호)	1933. 6
海峽(海峽의 午前二時)	카톨릭청년(창간호)	1933. 6
恩惠	카톨릭청년(4호)	1933. 9
별	카톨릭청년(4호)	1933. 9
臨終	카톨릭청년(4호)	1933. 9
갈릴레아 바다	카톨릭청년(4호)	1933. 9
밤(산문)	카톨릭청년(4호)	1933. 9
람프(산문)	카톨릭청년(4호)	1933. 9
歸路	카톨릭청년(5호)	1933. 10
時計를 죽임	카톨릭청년(5호)	1933. 10
또 하나 다른 太陽	카톨릭청년(9호)	1934. 2
다른 한울	카톨릭청년(9호)	1934. 2
나무	카톨릭청년(10호)	1934. 3
不死鳥	카톨릭청년(10호)	1934. 3
勝利者 김안드레아	카톨릭청년(16호)	1934. 9
紅疫	카톨릭청년(21호)	1935. 2
悲劇	카톨릭청년(21호)	1935. 2
地圖	조선문단(24호)	1935. 7
다시 海峽	조선문단(24호)	1935. 7
바다 2	시원(5호)	1935. 12
말 2	발표지 미확인	1935. 12
산소	발표지 미확인	1935. 12

종달새	발표지 미확인	1935. 12
바람	발표지 미확인	1935. 12
流線哀傷	시와소설(창간호)	1936. 3
파라솔(明眸)	중앙(32호)	1936. 6
瀑布	조광(9호)	1936. 7
毘盧峰	조선일보	1937. 6. 9
九城洞	조선일보	1937. 6. 9
슬픈 偶像(愁誰語 4)	조선일보	1937. 6. 9
슬픈 偶像	조선일보	1937. 6. 11
玉流洞	조광(25호)	1937. 11
溫情	삼천리문학(2호)	1938. 4
삽사리		1938. 4
小曲(明水臺 진달래)	여성(27호)	1938. 6
長壽山 1	문장(1권 2호)	1939. 3
長壽山 2	문장(1권 2호)	1939. 3
白鹿潭	문장(1권 3호)	1939. 4
春雪	문장(1권 3호)	1939. 4
어머니	신우(덕원신학교 교지)	1939. ?
天主堂	태양(1호)	1940. 1
비	문장(3권 1호)	1941. 1
朝餐	문장(3권 1호)	1941. 1
忍冬茶	문장(3권 1호)	1941. 1
붉은손	문장(3권 1호)	1941. 1
꽃과 벗	문장(3권 1호)	1941. 1
나븨	문장(3권 1호)	1941. 1
진달래(진달레)	문장(3권 1호)	1941. 1

호랑나븨	문장(3권 1호)	1941. 1
禮裝	문장(3권 1호)	1941. 1
盜掘	문장(3권 1호)	1941. 1
船醉	발표지 미확인	1941. 1
별	발표지 미확인	1941. 1
異土	국민문학(4호)	1942. 2
窓	춘추(12호)	1943. 1
그대들 돌아오시니	해방기념시집	1945. 12
愛國의 노래	대조(1호)	1946. 1
追悼歌	대동신문	1946. 3. 2
妻	새한민보(통권 62호)	1950. 1
女弟子	새한민보(통권 62호)	1950. 1
磏礴里	새한민보(통권 62호)	1950. 1
椅子	혜성(창간호)	1950. 2
曲馬團	문예(7호)	1950. 2
늙은 범	문예(10호)	1950. 6
네몸매	문예(10호)	1950. 6
꽃분	문예(10호)	1950. 6
山달	문예(10호)	1950. 6
나비	문예(10호)	1950. 6

■ 번역시

小曲	대조(창간호)	1930. 3
小曲	대조(창간호)	1930. 3
봄	대조(창간호)	1930. 3

봄에게	시문학(2호)	1930. 5
초밤별에게	시문학(2호)	1930. 5
水戰이야기 1·2	해외서정시집(38)	1938. 6
눈물	해외서정시집(38)	1938. 6
神嚴한 죽엄의 속살기림	해외서정시집(38)	1938. 6
靑春과 老年	경향신문	1947. 3. 27
關心과 差異	경향신문	1947. 4. 3
大路의 노래	경향신문	1947. 4. 17
自由와 祝福	경향신문	1947. 5. 1
法廷審問에 선 重犯人	경향신문	1947. 5. 1
弟子에게	경향신문	1947. 5. 8
나는 앉아서 바라본다	경향신문	1947. 5. 8
平等無終의 進行	발표지 미확인	1949. 1
軍隊의 幻影	발표지 미확인	1949. 1
目的과 鬪爭	발표지 미확인	1949. 1

■ 일어시

かつふえふらんす	근대풍경(1권 2호)	1926. 12
海 1	근대풍경(2권 1호)	1927. 1
海 2	근대풍경(2권 2호)	1927. 2
海 3	근대풍경(2권 2호)	1927. 2
みなし子の夢	근대풍경(2권 2호)	1927. 2
悲しき印象畵	근대풍경(2권 3호)	1927. 3
金ほたんの哀唱	근대풍경(2권 3호)	1927. 3
湖面	근대풍경(2권 3호)	1927. 3

雪	근대풍경(2권 3호)	1927. 3
幌馬車	근대풍경(2권 4호)	1927. 3
初春の朝	근대풍경(2권 4호)	1927. 3
甲板の上	근대풍경(2권 5호)	1927. 5
まひる	근대풍경(2권 6호)	1927. 6
圍いレール	근대풍경(2권 6호)	1927. 6
夜半	근대풍경(2권 6호)	1927. 6
耳	근대풍경(2권 6호)	1927. 6
歸り路	근대풍경(2권 6호)	1927. 6
鄕愁の靑馬車	근대풍경(2권 9호)	1927. 9
笛	근대풍경(2권 9호)	1927. 9
酒場の夕日	근대풍경(2권 9호)	1927. 9
眞紅な機關車	근대풍경(2권 11호)	1927. 11
橋の上	근대풍경(2권 11호)	1927. 11
旅の朝	근대풍경(3권 2호)	1928. 2
말 1, 2	동지사문학(3호)	1928. 10
ふるさと	휘문(17호)	1939. 12

■산문

아스팔트	조선일보	1936. 6. 19
老人과 꽃	조선일보	1936. 6. 21
耳目口鼻	조선일보	1937. 6. 8
肉體	조선일보	1937. 6. 10
꾀꼬리와 菊花	삼천리문학(창간호)	1938. 1
禮讓	동아일보	1939. 4. 14

| 비 | 발표지 미확인 | 1941. 1 |
| 비둘기 | 발표지 미확인 | 1941. 1 |

■소설

| 三人 | 서광(창간호) | 1919. 12 |

연구서지

박사학위논문

김석환, 「정지용 시의 기호학적 연구―공간기호체계의 구축과 변환을 중심으로」, 명지대 박사학위논문, 1993.

김신정, 「정지용 시 연구―감각의 의미를 중심으로」, 연세대 박사학위논문, 1999.

김용희, 「정지용 시의 어법과 이미지의 구조」, 이화여대 박사학위논문, 1994.

김윤선, 「1920년대 한국 시의 모더니즘 양상 연구―이장희와 정지용을 중심으로」, 세종대 박사학위논문, 2000.

김명인, 「1930년대 시의 구조 연구―정지용·김영랑·백석의 시를 중심으로」, 고려대 박사학위논문, 1985.

김문주, 「한국 현대시의 풍경과 전통―정지용과 조지훈의 시를 중심으로」, 고려대 박사학위논문, 2005.

김정숙, 「정지용의 시 연구―전통의식을 중심으로」, 세종대 박사학위논문, 2000.

김종태, 「정지용 시 연구―공간 의식을 중심으로」, 고려대 박사학위논문, 2002.

김　훈, 「정지용 시의 분석적 연구」, 서울대 박사학위논문, 1990.

노병곤, 「정지용 시 연구」, 한양대 박사학위논문, 1991.

류경동, 「1930년대 한국 현대시의 감각 지향성 연구―정지용과 백석의 시를 중심으로」, 고려대 박사학위논문, 2005.

박민영, 「1930년대 시의 상상력 연구―정지용·백석·윤동주 시의 자기 동일성을 중심으로」, 한림대 박사학위논문, 2000.

사나다 히로코, 「모더니스트 정지용 연구―일본근대문학과의 비교 고찰을 중심으로」, 인하대 박사학위논문, 2001.

손병희, 「정지용 시의 형태와 의식 연구」, 경북대 박사학위논문, 2003.

신　진, 「정지용 시의 상징성 연구」, 성균관대 박사학위논문, 1992.

양왕용, 「정지용 시 연구」, 경북대 박사학위논문, 1988.

오탁번, 「한국현대시사의 대위적 구조」, 고려대 박사학위논문, 1982.

윤의섭, 「정지용 시의 시간의식 연구」, 아주대 박사학위논문, 2005.

윤해연, 「정지용의 시와 한문학의 관련양상 연구」, 인하대 박사학위논문, 2001.

이상오, 「정지용 시의 자연 인식과 형상화 양상」, 고려대 박사학위논문, 2005.

이석우, 「정지용 시의 연구―영향관계를 중심으로」, 청주대 박사학위논문, 2000.

이승복, 「정지용 시의 운율체계 연구―1930년대 시창작 방법의 모형화 구축을 중심으로」, 홍익대 박사학위논문, 1994.

이원규, 「한국시의 고향의식 연구―1930~1940년대 시를 중심으로」, 성균관대 박사학위논문, 2004.

이태희, 「정지용 시의 창작방법 연구―전통 계승의 측면을 중심으로」, 경희대 박사학위논문, 2003.

장도준, 「정지용 시의 연구」, 연세대 박사학위논문, 1989.

정수자, 「한국 현대시의 고전적 미의식 연구―정지용·조지훈·박목월의 산시를 중심으로」, 아주대 박사학위논문, 2005.

정의홍, 「정지용 시의 연구」, 동국대 박사학위논문, 1992.

황규수, 「정지용 시 연구―'공간·시간 의식'을 중심으로」, 인하대 박사학위논문, 2002.

석사학위논문

강용선, 「정지용 시 연구」, 원광대 석사학위논문, 2001.

강화신, 「정지용 시의 변모과정 연구」, 대전대 교육대학원 석사학위논문, 2003.

고정원, 「1930년대 자유시의 산문지향성 연구」, 경북대 석사학위논문, 1999.

권정우, 「정지용 시 연구―시점 분석을 중심으로」, 서울대 석사학위논문, 1993.

권창규, 「정지용 시의 새로움―'미' 개념을 중심으로」, 연세대 석사학위논문, 2003.

김경희, 「정지용 시에 표현된 자연관 연구」, 청주대 교육대학원 석사학위논문, 2005.

김남호, 「정지용 시의 바다 이미지 연구」, 서남대 교육대학원 석사학위논문, 2001.

김명리, 「정지용 시어의 분석적 연구―시어 '누뤼(알)'과 '유선'의 심층적 의미를 중심으로」, 동국대 석사학위논문, 2002.

김미정, 「한국 산문시의 전개 양상 연구」, 건국대 교육대학원 석사학위논문, 2005.

김옥선, 「정지용 시어 연구」, 동국대 석사학위논문, 2005.

김용태, 「정지용 시 연구—이미지 분석을 중심으로」, 서남대 교육대학원 석사학위논문, 2002.

김성용, 「정지용 동시 연구」, 부산대 석사학위논문, 2003.

김성희, 「정지용과 윤동주의 동시 연구」, 충남대 석사학위논문, 2006.

김재숙, 「정지용 시의 담론 특성 연구—다성주의적 담론분석을 중심으로」, 공주대 석사학위논문, 2000.

김정란, 「정지용 시의 양면성 연구」, 부산대 석사학위논문, 1989.

김초희, 「정지용 문학의 감각연구」, 서울대 석사학위논문, 2004.

김현자, 「정지용 시 연구—이미지의 특성을 중심으로」, 중앙대 교육대학원 석사학위논문, 2004.

김휘정, 「정지용 시의 고향 상실 연구」, 동국대 석사학위논문, 1999.

남윤식, 「정지용 시 연구—감상과 이해를 중심으로」, 성균관대 석사학위논문, 2002.

노병호, 「정지용 시에 나타난 전통성 연구」, 조선대 교육대학원 석사학위논문, 2005.

노용무, 「정지용 시의 이미지 연구」, 전북대 석사학위논문, 1997.

류시경, 「한국 현대시에 나타난 아동화법 연구—정지용과 윤동주의 작품을 중심으로」, 영남대 석사학위논문, 2005.

문 철, 「정지용 시 연구—고향의식과 감각의식 중심으로」, 동국대 교육대학원 석사학위논문, 2001.

민병기, 「정지용 시 연구」, 고려대 석사학위논문, 1981.

박미숙, 「정지용 시의 변용 지향성 연구」, 창원대 교육대학원 석사학위논문, 2002.

박상동, 「정지용 시의 난해성 연구—「향수」·「유리창 I」·「유선애상」을 중심으로」, 고려대 석사학위논문, 2004.

박선실, 「정지용 시의 이미지 교육방법 연구」, 숙명여대 교육대학원 석사학위논문, 2001.

박옥영, 「정지용 시 연구―종교시를 중심으로」, 목포대 교육대학원
　　석사학위논문, 2003.

박은경, 「정지용 시 연구」, 창원대 교육대학원 석사학위논문, 2005.

박은혜, 「정지용 시의 변모양상 연구」, 경원대 교육대학원 석사학위
　　논문, 2006.

박정석, 「정지용 시의 공간의식 연구」, 충남대 석사학위논문, 2006.

박종철, 「1930년대 한국 모더니즘 시 연구―정지용·김기림·김광
　　균을 중심으로」, 서남대 교육대학원 석사학위논문, 2002.

박진희, 「정지용 종교시 연구」, 단국대 교육대학원 석사학위논문, 2001.

박형수, 「『백록담』에 나타난 동양적 전통 지향성」, 영남대 석사학위
　　논문, 2004.

방경남, 「정지용 시의 변모양상 연구」, 대구대 교육석사학위논문,
　　2004.

설화순, 「정지용 시의 모더니티 연구」, 동아대 석사학위논문, 2003.

소래섭, 「정지용의 시에 나타난 자연인식 연구」, 서울대 석사학위논
　　문, 2001.

송기태, 「정지용 시 연구―서정적 자아와 동일성의 문제」, 동국대
　　석사학위논문, 1984.

송문석, 「거리에 따른 화자와 대상 연구―1930년대의 정지용 시·
　　이상 시를 중심으로」, 제주대 석사학위논문, 2000.

송화중, 「정지용 시의 변모양상―운율과 시적 대상을 중심으로」,
　　한남대 교육대학원 석사학위논문, 2003.

신경범, 「정지용 시 연구―산문시를 중심으로」, 중앙대 석사학위논
　　문, 2004.

신기훈, 「정지용 시의 시적 주체에 대한 연구―경험유형으로 본 자

아의 지향의식」, 경북대 석사학위논문, 1992.

신해영, 「정지용 시에 나타난 자연 연구」, 한남대 교육대학원 석사학위논문, 2003.

심인택, 「정지용 시의 주제의식 고찰」, 조선대 교육대학원 석사학위논문, 2003.

안광기, 「정지용의 시와 전통과의 관계」, 인하대 교육대학원 석사학위논문, 2001.

오도영, 「정지용 시 연구」, 전북대 교육대학원 석사학위논문, 2001.

오은숙, 「정지용 초기시 연구―밤·바다·고향의 이미지를 중심으로」, 한남대 교육대학원 석사학위논문, 2006.

오세인, 「정지용 시 연구―자아와 대상 사이의 거리를 중심으로」, 고려대 석사학위논문, 2002.

요시무라 나오키, 「일본유학시 정지용과 윤동주 시에 나타난 고향의식연구」, 충남대 석사학위논문, 2000.

유정웅, 「정지용 시의 공간이미지 연구―불안의식의 변모를 중심으로」, 안동대 교육대학원 석사학위논문, 2003.

원구식, 「정지용 연구―전기와 시어를 중심으로」, 숭전대학교 석사학위논문, 1983.

위미경, 「정지용 시 연구」, 경희대 석사학위논문, 1988.

이광희, 「정지용 시 연구」, 국민대 교육대학원 석사학위논문, 2001.

이기현, 「정지용 시 연구―내면의식의 변이양상을 중심으로」, 중앙대 석사학위논문, 1997.

이근화, 「정지용 시 연구―시의 화자를 중심으로」, 고려대 석사학위논문, 2001.

이은정, 「정지용 시 연구―담화 체계를 중심으로」, 동아대 교육대학원 석사학위논문, 2006.

이재동, 「정지용의 기독교시 변모과정 연구―기독교 교육이 정지용 시에 미친 영향을 중심으로」, 인천대 교육대학원 석사학위논문, 2000.

이정미, 「정지용 시와 이미지즘」, 고려대 석사학위논문, 2002

이정현, 「정지용 시 텍스트의 교수·학습 방법 연구」, 부산외국어대 교육대학원 석사학위논문, 2003.

이종연, 「정지용 시세계 연구」, 중앙대 석사학위논문, 2002.

이지영, 「정지용 연구」, 서원대 교육대학원 석사학위논문, 2006.

이진영, 「정지용의 시의식 변모 양상」, 건국대 교육대학원 석사학위논문, 2001.

이창민, 「정지용 시 연구―〈물〉의 이미지의 변모양상을 중심으로」, 고려대 석사학위논문, 1992.

이학신, 「정지용 시의 연구―상징과 이미지의 변모 과정」, 전남대 교육대학원 석사학위논문, 2001.

이현숙, 「정지용 시 연구―시적 변용을 중심으로」, 성균관대 교육대학원 석사학위논문, 2001.

이현정, 「정지용 산문시 연구」, 연세대 석사학위논문, 2003.

이현정, 「정지용 시 연구」, 성균관대 교육대학원 석사학위논문, 1997.

이희준, 「정지용 시의 고향의식 분석」, 중부대 석사학위논문, 2000.

임세훈, 「정지용 시 연구―초기시를 중심으로」, 한양대 교육대학원 석사학위논문, 2001.

임용숙, 「정지용과 백기행의 시의식 비교연구」, 청주대 교육대학원 석사학위논문, 2003.

정끝별, 「정지용 시의 상상력 연구」, 이화여대 석사학위논문, 1989.

정미경, 「정지용·윤동주의 동시 비교 연구」, 중앙대 교육대학원 석사학위논문, 2001.

정옥주, 「『정지용 시집』의 문체적 특성 연구」, 연세대 교육대학원 석사학위논문, 2006.

정재욱, 「정지용 시 연구」, 경성대 교육대학원 석사학위논문, 2001.

정조민, 「정지용 시 연구」, 원광대 교육대학원 석사학위논문, 2005.

정태선, 「정지용 시 연구―이미지 분석을 통한 상상력의 문제」, 서강대 석사학위논문, 1981.

정　철, 「정지용 시의 이미지 연구」, 목포대 교육대학원 석사학위논문, 2005.

조행순, 「정지용 시의 내면의식 연구」, 한림대 석사학위논문, 1995.

지선영, 「정지용 시의 감각과 시적 변용」, 이화여대 석사학위논문, 1986.

진선화, 「정지용의 시의식 변모과정」, 충북대 교육대학원 석사학위논문, 2005.

진수미, 「정지용 시 은유 연구」, 서울시립대 석사학위논문, 1995.

채유미, 「정지용 시의 교수·학습방법 연구―이미지와 주제의 상관성을 중심으로」, 성신여대 교육대학원 석사학위논문, 2006.

최광임, 「정지용 시의 공간의식 연구」, 대전대 석사학위논문, 2006.

최은숙, 「정지용 후기시 연구―여백의 시적 효과를 중심으로」, 고려대 석사학위논문, 2006.

한애숙, 「정지용 동시 연구」, 한국교원대 교육대학원 석사학위논문, 2004.

한영실, 「정지용 시 연구―시집 『백록담』을 대상으로」, 연세대 석사학위논문, 1986.

한은주, 「정지용 시 연구―신앙시를 중심으로」, 인하대 교육대학원 석사학위논문, 2006.

허갑순, 「정지용 시 연구」, 호남대 석사학위논문, 2005.

현승옥, 「시문학파 연구」, 원광대 석사학위논문, 2003.

홍기원, 「정지용 시 연구」, 홍익대 교육대학원 석사학위논문, 2004.

홍은하, 「정지용 시 연구─고향의식을 중심으로」, 한국외국어대 교육대학원 석사학위논문, 2003.

황병석, 「시의 형식론적 접근─정지용의 시 「향수」를 중심으로」, 연세대 교육대학원 석사학위논문, 2003.

소논문 및 기타

강근주, 「행방불명된 지용, 고국 등지려는 미당─2000년 가을, 대 시인들의 '우울한 초상'」, 『뉴스메이커』 398, 2000. 11. 16.

강찬모, 「정지용 시와 시론에 나타난 사단칠정(四端七情) 고찰─이이의 기발이승일도설(氣發理乘一途說)을 중심으로」, 『어문연구』 51, 2006. 8.

강창민, 「시인론 연구의 방법」, 『국제대학논문집』 14, 1986.

강호정, 「'여기'와 '저기'의 변증법─정지용의 「별 2」를 중심으로」, 『한성어문학』 21, 2002. 8.

_____, 「산문시의 두 가지 양상─'지용'과 '이상'의 산문시를 중심으로」, 『한성어문학』 20, 2001. 8.

고영자, 「모더니즘에 있어서의 정지용과 북천동의 비교연구」, 『비교문학』 13, 1988.

구연식, 「신감각파와 정지용 시 연구」, 『동아논총』 19, 동아대, 1982. 12.

_____, 「정지용 시의 현대시에 미친 영향」, 『국어국문학』 100, 1988. 12.

권영민, 「정지용 시의 해석 문제 3─「옥류동」의 시적 언어와 「폭포」의 공간적 심상 구조」, 『문학사상』 372, 2003. 10.

_____, 「정지용의 「향수」 ─ '해설피 금빛 게으른 울음을 우는 곳'의 경우」, 『새국어생활』 10-1, 2000. 3.

_____, 「종래의 지용 시 해석에 대한 문제 제기 ─ 「바다 2」와 「유선 애상(流線哀傷)」을 중심으로」, 『문학사상』 370, 2003. 8.

권오만, 「정지용 시의 은유 검토」, 『시와시학』 14, 1994 여름호.

금동철, 「1930년대 한국 모더니즘시의 수사학적 연구」, 『우리말글』 24, 2002. 4.

김 현, 「정지용 혹은 절제의 시인」, 『문학과지성』 13, 1973 가을호.

김광협, 「지용연구시론」, 『서울대사대학보』 5, 1963. 2. 10.

김구슬, 「블레이크의 상상력이 발전된 과정을 네 개의 비전으로 설 명한 논문의 비중 ─ 정지용의 학사논문 「윌리엄 블레이크 시에 있어서의 상상력」에 대하여」, 『문학사상』 360, 2002. 10.

_____, 「정지용의 논문 「윌리엄 블레이크의 시에 있어서의 상상력」 과 원전비평」, 『현대시학』 411, 2003. 6.

김규동·홍일선, 「김기림을 중심으로 한 해방 전후 시문단사」(對 談), 『시경』 1, 2002 가을호.

김기현, 「정지용시 연구 ─ 그의 생애와 종교 및 종교시를 중심으 로」, 『성신어문학』 2, 1989. 2

김동규, 「프랑스 상징주의 시와 한국 현대시 기법 비교 연구」, 『프랑 스학 연구』 31, 2005 봄호.

김동근, 「정지용 시의 공간체계와 텍스트 의미」, 『한국문학이론과 비평』 22, 2004. 3.

김동수, 「한국현대시 그 주역 100인선」, 『시문학』 379, 2003. 2.

김명옥, 「정지용 시에 나타난 상실과 소외 의식」, 『한국어문교육』 9, 2000. 2.

_____, 「정지용 시에 나타난 유토피아 의식과 이상향 추구」, 『한국

어문교육』10, 2001. 2.

김명인, 「우리 시어의 근대성과 근대적 자각―김소월과 정지용의 시어를 중심으로」, 『한국학연구』19, 2003 하반기호.

_____, 「정지용의 '곡마단'고」, 『경기어문학』4, 1983. 12.

김문주, 「김현승의 시와 기독교 신앙의 특징」, 『국어교육』120, 2006. 6.

김미란, 「정지용 동시론」, 『청람어문교육』30, 2004. 12.

김석환, 「정지용 시의 기호학적 연구―수직축의 매개기호작용을 중심으로」, 『인문과학논문집』32, 2001. 10.

김승구, 「정지용 시에서 주체의 양상과 의미」, 『배달말』37, 2005. 12.

김승종, 「정지용의 산수시(山水詩)「비」고찰―또 하나의「비」해 석」, 『연구논문집』33, 2005. 12.

김시태, 「영상미학의 탐구―정지용론」, 『현대문학』, 1980. 6.

_____, 「지용의 새로움」, 『연암 현평효 박사 회갑기념논총』, 1980. 9.

_____, 「현대한국시의 이미지 소고」, 『동악어문논집』2, 1965. 6.

김신정, 「'시어의 혁신'과 '현대시'의 의미―김영랑·정지용·백석 을 중심으로」, 『상허학보』4, 2000. 11.

_____, 「타자의 눈으로 본 한국 근대시연구의 현재―사나다 히로 코, 『최초의 모더니스트 정지용』(서평)」, 『민족문학사연구』20, 2002. 6.

_____, 「완벽한 시간의 꿈과 아름다움의 추구―정지용 시의 시간 의식 연구」, 『상허학보』3, 2000. 9.

_____, 「정지용 연구의 주요 쟁점과 앞으로의 연구과제―한국시 사의 정체성 확립을 위해, 다각적인 접근 방법이 필수적」, 『문 학사상』360, 2002. 10.

김열규, 「정지용론」, 『현대문학』, 1989. 1~2.

_____, 「현대한국시의 두 주류와 '시적 변경' 기능」, 서울대대학원 국어연구회, 1958.

김영옥, 「정지용의 초기시에 나타난 시의식과 형상성 연구—초기 시를 중심으로」, 『어문논집』 31, 2003. 12.

김영주, 「1920-1930년대 기행시 연구—식민지 풍경의 시적 현현」, 『한국문학논총』 42, 2006. 4.

김예니, 「정지용 시에 나타난 공간, 그리고 이미지」, 『사회진보연대』 38, 2003. 9.

김예호, 「정지용과 윤동주 시의 심상 구조」, 『인문과학연구』 11, 2003. 9.

김용직, 「1930년대 시와 감성시의 주류화」, 『문학사상』, 1986.

_____, 「모더니즘의 시도와 실패」, 『서울대교양과정부 논문집』 6, 1974.

_____, 「새로운 시어의 혁신성과 그 한계」, 『문학사상』, 1975. 1.

_____, 「시문학파 연구」, 『인문과학논총』 2, 서강대, 1969. 11.

_____, 「역사의 격랑(激浪)과 우리 시의 전개 2—8·15와 한국시」, 『시로여는세상』 14, 2005 여름호.

_____, 「정지용론—순수와 기법, 시 일체주의」, 『현대문학』, 1989. 1~2.

_____, 「주지와 순수」, 『시와 시학』, 1992 여름호.

김용희, 「정지용 시에서 은유와 미적 현대성」, 『한국문학논총』 35, 2003. 12.

_____, 「정지용 시에서 자연의 미적 전유」, 『현대문학의 연구』 22, 2004. 2.

김우창, 「한국시와 형이상」, 『세대』, 1968. 7.

김유중, 「정지용 시 정신의 본질」, 『한국문학이론과 비평』 19, 2003. 6.

김윤식, 「'나의 청춘은 나의 조국'에 대한 한 가지 주석―정지용 탄생 100주년에 부쳐」, 『시와시학』 46, 2002 여름호.

_____, 「김환태의 「정지용론」과 그 주변―제국대학 영문학의 시적 감수성 비판」, 『문학사상』 384, 2004. 10.

_____, 「정지용과 김기림의 작품세계」, 『월간조선』, 1988. 3.

_____, 「정지용의 「해협」과 채만식의 「처자」―강물의 상류 거슬러 오르기에 부쳐」, 『동서문학』 247, 2002. 12.

_____, 「카톨릭 시의 행방」, 『현대시학』, 1970. 3.

_____, 「풍경의 서정화―정지용론」, 『한국근대문학사상비판』, 일지사, 1974.

김윤정, 「정지용 시의 공간지향성 연구」, 『한민족어문학』 47, 2005. 12.

김윤태, 「고향, 삶의 원초성 또는 상실의 비가」, 『시와시학』, 1994 여름호.

김재진, 「지용 시의 향토성과 비평학적 해석―초기시를 중심으로」, 『문학과비평』 14 · 16, 2005 여름호 · 2006 봄호.

김재홍, 「갈등의 시인 방황의 시인―정지용의 시세계」, 『문학사상』 183, 1988. 1.

김정우, 「정지용의 시 「바다 2」 해석에 관한 몇 가지 문제」, 『국어교육』 110, 2003. 2.

_____, 「학습자 중심의 문학사교육 연구―정지용의 시론을 예로 하여」, 『국어국문학』 142, 2006. 5.

김종원, 「시와 영화―이미지와 영상, 그리고 인생」, 『시와시학』 45, 2002 봄호.

김종철, 「30년대의 시인들」, 『문학과 지성』 9, 1975 봄호.

김준오, 「사물시의 화자와 신앙적 자아」, 『가면의 해석학』, 이우출판사, 1985.

김창완, 「정지용의 시세계와 변모양상」, 『한남어문학』 16, 1990. 12.

김춘식, 「문학적 근대기획과 전통, 반전통―1930년대 모더니즘 시와 시론을 중심으로」, 『동악어문논집』 30, 1995.

김태봉, 「정지용 시와 중국시의 고향과 농촌에 대한 묘사 비교 연구」, 『호서문화논총』 15, 2001. 2.

_____, 「지용시의 한시적 성향에 대한 시론」, 『중국학보』 44, 2001. 12.

_____, 「지용시의 한시적 성향에 대한 시론」, 『호서문화논총』 16, 2002. 2.

김혜숙, 「한국현대시의 한시적 전통 계승에 대한 고찰」, 『국어국문학』 92, 1984.

김효신, 「가톨리시즘과 정지용 시」, 『인문과학연구』 6, 2005.

김효중, 「정지용 시의 영역에 관한 고찰」, 『번역학연구』 3-2, 2000 가을호.

나희덕, 「1930년대 시의 '자연'과 '감각'―김영랑과 정지용을 중심으로」, 『현대문학의 연구』 25, 2005. 3.

노병곤, 「'백록담'에 나타난 지용의 현실인식」, 『한국문학논집』 9, 1986. 2.

_____, 「'장수산'의 기법 연구」, 『한국학 논집』 11, 한양대, 1987. 2.

_____, 「지용의 생애와 문학관」, 『한양어문연구』 6, 1988. 12.

마광수, 「정지용의 모더니즘시」, 『홍대논총』 11, 1979.

_____, 「정지용의 시 '온정'과 '삽사리'에 대하여」, 『인문과학』 51, 연세대, 1984.

문혜수,「萩原朔太郎와 정지용의 시 연구─동물시어의 리듬성 고찰」,『논문집』8, 2001. 2.

문혜원,「정지용 시에 나타난 모더니즘 특질에 관한 연구」,『관악어문연구』18, 1983. 12.

민병기,「정지용의 '바다'와 '향수'」,『시안』, 1999 여름호.

박경수,「일제 강점기 재일 한국인의 일어시와 근대성」,『한국문학논총』30, 2002. 6.

_____,「정지용의 일어시 연구」,『비교문화연구』11, 2000. 2.

박기수,「미완의 근대 문학, 그 여섯의 초석─김소월 · 정지용 · 김상용 · 나도향 · 주요섭 · 채만식」,『문학과창작』82, 2002. 6.

박남희,「한국 유기체시론 연구─박용철 · 정지용 · 조지훈을 중심으로」,『숭실어문』18, 2002. 6.

박노균,「정지용 시어의 해석」,『개신어문연구』20, 2003. 12.

_____,「정지용의 난해 시어 해석 2─한자어를 중심으로」,『교육연구논총』25-3, 2004. 12.

_____,「정지용의 난해 시어 해석」,『개신어문연구』22, 2004. 12.

_____,「정지용의 시작품 분석─「향수」와 「유리창 1」」,『개신어문연구』19, 2002. 12.

박명옥,「정지용의 「長壽山 1」과 漢詩의 비교연구─『詩經』의 「伐木」과 두보의 「題張氏隱居」를 중심으로」,『한국문학이론과 비평』27, 2005. 6.

박명용,「정지용 시 다시 들여다보기」,『비평문학』15, 2001. 7.

박미령,「지용 시의 성정과 표현의 기술」,『비평문학』18, 2004. 6.

박성현,「1930년대 시의 '고향의식' 연구」,『겨레어문학』29, 2002. 10.

박숙경,「'옵바'와 '누나'의 행방─정지용의 「지는 해」, 「무서운 時計」, 「병」, 「산에서 온 새」를 중심으로」,『인하어문연구』7, 2006.

박인기, 「1920년대 한국문학의 아나키즘 수용양상」, 『국어국문학』, 1983. 12.

박정선, 「동양적 풍경의 시와 산수화적 기법—지용과 목월 시에 나타난 여백의 의미를 중심으로」, 『제3의문학』 12, 2003 봄호.

박철석, 「정지용론」, 『한국문학논총』 2, 1979.

_____, 「한국 다다·초현실주의 형성에 관한 연구」, 『한국학논총』 6·7, 한국문학회, 1984. 10.

박철희, 「현대한국시와 그 서구적 잔상(상)」, 『예술논문집』 9, 1970.

박태상, 「북한문학사에서 새롭게 부활한 지용문학」, 『문학마당』 15, 2006 여름호.

_____, 「잡지 『문장』과 정지용」, 『논문집』 38, 2004. 8.

박태일, 「새 발굴 자료로 본 정지용의 광복기 문학」, 『어문학』 83, 2004. 3.

박호영, 「「카페·프란스」에 대한 해석의 방향」, 『국어교육』 116, 2005. 2.

배호남, 「정지용 시 연구」, 『고황논집』 29, 2001. 12.

백운복, 「정지용의 '바다'시 연구」, 『서강어문』 5, 1986. 12.

사에구사 도시카스, 「정지용 시 '향수'에 나타난 낱말에 대한 고찰」, 『시와시학』, 1997 여름호.

손병희, 「정지용 시의 구성 방식」, 『어문논총』 37, 2002. 12.

_____, 「정지용 시의 말하기 방식과 그 양상」, 『안동어문학』 7, 2002. 11.

_____, 「정지용 시의 형태 분석」, 『인문과학연구』 5, 2002. 11.

_____, 「정지용의 시와 타자의 문제」, 『어문학』 78, 2002. 12.

_____, 「정지용의 초기 시의 형태—『학조』 창간호에 실린 작품을

중심으로」, 『솔뫼어문논총』 14, 2002. 11.

손종호, 「정지용 시의 기호체계와 카톨리시즘」, 『어문연구』 29, 1997. 12.

송　욱, 「한국 모더니즘 비판―정지용 즉 모더니즘의 자기 부정」, 『사상계』, 1962. 12.

송기섭, 「정지용의 산문 연구」, 『국어국문학』 115, 1995. 12.

송기태, 「정지용 시의 의미구조」, 『동악어문논집』 20, 동국대, 1985.

송기한, 「산행체험과 시집 『백록담』의 의미」, 『한국문학이론과 비평』 19, 2003. 6.

_____, 「열림과 닫힘의 변증법」, 『시와시학』, 1991 여름호.

_____, 「정지용의 「향수」에 나타난 고향의 의미」, 『우리말글』 28, 2003. 8.

송상일, 「어둠 속의 시와 종교, 정지용의 허상」, 『현대문학』, 1978. 12.

송현호, 「모더니즘의 문학사적 위치에 대한 고찰」, 『국어국문학』 90, 1984.

송화중·윤정룡, 「정지용 시의 변모 양상」, 『교육연구』 10, 2002.

신규호, 「시와 신앙과의 상관관계―정지용의 시를 중심으로」, 『논문집―인문·사회과학편』 29, 2000.

신동욱, 「고향에 관한 시인의식 시고」, 『어문논집』 19·20, 고려대 국어국문학연구회, 1977.

신범순, 「동백, 혈통의 나무―신경증과 불안의 극복: 정지용론」, 『시작』 7, 2003 겨울호.

_____, 「정지용 시에서 병적인 헤매임과 그 극복의 문제」, 『한국 현대시의 퇴폐와 작은 주체』, 신구문화사, 1998.

신서영, 「정지용 시 비극성 고찰」, 『한국어문학연구』 18, 2003. 8.

신용협, 「정지용론」, 『한국언어문학』, 19, 1980.

심경호, 「정지용과 교토(京都)」, 『동서문학』 247, 2002. 12.

심원섭, 「金鐘漢과 金素雲의 정지용 시 번역에 대하여 ―『雪白集』 (1943)과 『朝鮮詩集』(1943)을 중심으로」, 『한국문학논총』 41, 2005. 12.

_____, 「명징과 무욕의 이면에 있는 것 ―정지용 시의 방법과 내적 욕망의 구조」, 『문학과 의식』 35, 1996.

양왕용, 「1930년대의 한국시 연구 ―정지용의 경우」, 『어문학』 26, 1972. 3.

_____, 「가치평가와 대립과 그 극복」, 『멱남 김일근박사 화갑기념 논총』, 1985. 10.

_____, 「기법지향성과 내용지향성의 대립」, 『송란 구연식박사 화갑 기념논총』, 1985. 9.

_____, 「이미지와 상상력의 계발」, 『어문교육논집』 4, 익산대학교 사범대학 국어교육과, 1979.

_____, 「정지용 시에 나타난 리듬의 양상」, 『權寧徹박사 회갑기념 국문학논총』, 1988.

_____, 「정지용 시의 의미구조」, 『홍익어문』 7, 1987. 6.

_____, 「정지용의 문학적 생애와 그 비극성」, 『한국시문학』 5, 1991. 2.

여태천, 「정지용 시어의 특성과 의미」, 『한국언어문학』 56, 2006. 2.

오봉옥, 「정지용 시 연구 ―바슐라르의 물질적 상상력을 중심으로」, 『현대문학의 연구』 17, 2001. 8.

오세영, 「근대시와 현대시」, 『현대시』, 1984 여름호.

_____, 「모더니스트 ―비극적 상황의 주인공들」, 『문학사상』, 1975. 1.

_____, 「한국문학에 나타난 바다」, 『현대문학 』, 1977. 7.

오양호, 「지용 선생에게 바친 7년 세월과 기다림―일역판 '鄭芝溶 詩選'(東京 : 花神社) 발행과 모교 同志社大 시비 건립 보고서」, 『월간문학』 445, 2006. 3.

오윤희, 「滄江 金澤榮과 근대시인의 반복수사법」, 『동방학』 8, 2002. 12.

熊本勉, 「정지용과 '근대풍경'」, 『숭실어문』 9, 1991. 5.

원구식, 「정지용론」, 『현대시』, 1990. 3.

원명수, 「정지용 시에 나타난 소외의식」, 『돌곶 김상선교수 화갑기 념논총』, 1990. 11.

_____, 「정지용 카톨릭 시에 나타난 기독교사상고」, 『한국학 논집』 17, 1990. 12.

원종찬, 「구인회 문인들의 아동문학」, 『동화와번역』 11, 2006. 6.

유성호, 「정지용의 '종교시편'에 관한 연구」, 『현대문학의 연구』 14, 2000. 2.

_____, 「충북 지역 문인들의 문학과 생가 보존 상태 연구―정지 용 · 오장환 · 홍명희를 대상으로」, 『인문논총』 6, 2003. 1.

_____, 「한국 근대시의 초창기와 난숙기를 대표하는 시세계―김 소월 · 정지용 · 김상용의 시사적 의미」, 『문학사상』 357, 2002. 7.

유종호, 「시와 말과 사회사」 1~4, 『서정시학』 30~33, 2006 여름호 ~2007 봄호.

_____, 「시인의 언어 구사―정지용의 경우」, 『새국어생활』 12-2, 2002 여름호.

_____, 「언어미술이 존속하는 이상 그 민족은 열렬하리라」, 『문화 와나』 63, 2002 여름호.

유태수, 「정지용 산문론」, 『관악어문연구』, 6, 1981. 12

윤여탁, 「시교육에서 언어의 문제—정지용을 중심으로」, 『국어교육』 90, 1995. 12.

윤해연, 「정지용 후기 시와 선비적 전통—「장수산·1」과 「인동차」를 중심으로」, 『시와시학』 50, 2003 여름호.

윤호병, 「향수의 미학」, 『시와시학』, 1994 여름호.

이기서, 「정지용 시 연구—언어와 수사를 중심으로」, 『문리대논집』 4, 고려대, 1986. 12.

이남호, 「교과서에 실린 문학작품을 어떻게 가르칠 것인가」, 『현대문학』 550, 2000. 10.

이민호, 「정지용 시에 나타난 의미의 사회적 생산 분석—시 「향수」를 중심으로」, 『한국문학이론과 비평』 19, 2003. 6.

이상오, 「정지용 시의 자연 은유 고찰」, 『한국현대문학연구』 16, 2004. 12.

_____, 「정지용 시의 풍경과 감각」, 『정신문화연구』 98, 2005 봄호.

_____, 「정지용 후기 시의 시간과 공간」, 『현대문학의 연구』 26, 2005. 7.

이선영, 「식민지시대의 시인의 자세와 시적 성과」, 『창작과비평』, 1974 여름호.

_____, 「한말의 사상적 배경과 문학이론」, 『세계의문학』, 1980 여름호.

이선이, 「한국 근대시의 근대성과 탈식민성」, 『정신문화연구』 102, 2006 봄호.

이순욱, 「국민보도연맹시기 정지용의 시 연구」, 『한국문학논총』 41, 2005. 12.

이숭원, 「'백록담'에 담긴 지용의 미학」, 『어문연구』 12, 1983. 12.

_____, 「시대를 견인한 '청신한 감각'」, 『뉴스메이커』 398, 2000.

11. 16.

_____, 「정지용 시 「유리창」 읽기의 반성」, 『문학교육학』 16, 2005. 4.

_____, 「정지용 시에 나타난 고독과 죽음」, 『현대시』, 1990. 3.

_____, 「정지용 시의 환상과 동경」, 『문학과비평』 6, 1988 여름호.

_____, 「정지용시집 『정지용시집』―청신한 감각과 시의 다양성」, 『시인세계』 12, 2005 여름호.

_____, 「정지용과 현대시의 한 전범」, 『현대시』, 1995. 10.

_____, 「정지용의 초기시편에 대한 고찰」, 『국어교육』 97, 1998. 6

_____, 「지용 시가 후진에게 미친 영향」, 『태릉어문연구』 11, 2003. 8.

이승복, 「정지용 시의 운율 연구」, 『인문과학논문집』 32, 2001. 10.

이승하, 「새로운 문학사를 위한 6인의 재조명―한국문학사 100년을 빛낸 문인의 음영」, 『문학사상』 357, 2002. 7.

이승훈, 「정지용의 시론」, 『현대시』, 1990. 11.

이시활, 「한중 현대문학에 나타난 고향의식 비교―현진건과 魯迅, 정지용과 戴望舒를 중심으로」, 『중국어문학』 41, 2003. 6.

이어령, 「정지용 '말'의 기호학적 분석」, 『현대시사상』 7, 1991.

_____, 「창의 공간기호학―정지용의 '유리창'을 중심으로」, 『문학사상』, 1988. 4~5.

이원규, 「한국시의 고향의식 연구 1―1930~1940년대 시를 중심으로」, 『솟대문학』 62, 2006 여름호.

이종대, 「근대적 자아의 세계인식―'구인회' 시인들의 모더니즘」, 『상허학보』 3, 2000. 9.

_____, 「정지용 시의 세계인식」, 『한국문학연구』 19, 동국대, 1997. 3.

이창민, 「정지용 시의 미적 특성과 한계」, 『한국학연구』 16, 2002 상반기호.

이창배, 「이미지즘과 그 영향」, 『심상』, 1974. 2.

이태희, 「정지용 시의 체험과 공간」, 『어문연구』 129, 2006 봄호.

_____, 「정지용의 시어 분석」, 『국제언어문학』 8, 2003. 12.

이형권, 「정지용 시의 '떠도는 주체'와 감정의 차원―시적 자아의 이국정조와 슬픔을 중심으로」, 『한국문학이론과 비평』 19, 2003. 6.

이희환, 「젊은 날 정지용의 종교적 발자취」, 『문학사상』, 1998. 12.

임기현, 「충북문학인 기념사업의 현황과 전망―충북지역의 문학제를 중심으로」, 『충북학』 6, 2004.

임상석, 「정지용 후기시의 시적 상황―「호랑나비」·「예장」·「곡마단」 등을 중심으로」, 『우리문학연구』 15, 2002.

임헌영, 「정지용 친일론의 허와 실―시 「이토」와 친일문학의 규정 문제」, 『문학사상』 346, 2001. 8.

임홍빈, 「정지용 시 '유선애상'의 소재와 해석」, 『인문논총』 53, 서울대, 2005. 6.

장경렬, 「이미지즘의 원리와 『詩畵一如』의 시론」, 『작가세계』, 1999 겨울호.

장도준, 「새로운 언어와 공간―정지용의 1925～30년 무렵 시의 연구」, 『연세어문학』, 1988. 12.

장석주, 「장소의 탄생 중부 내륙의 문학지리학―목계·문의·옥천」, 『현대시학』 439, 2005. 10.

전미정, 「이미지즘의 동양 시학적 가능성 고찰―언어관과 자연관을 중심으로」, 『우리말글』 28, 2003. 8.

정 민, 「한시와 현대시 4제」, 『현대시학』 397, 2002. 4.

정구향, 「정지용의 초기시에 나타난 '고향'의 의미 연구」, 『논문집』 30, 건국대대학원, 1990. 8.

정상균, 「정지용 시 연구」, 『천봉 이능우박사 칠순기념논총』, 1990. 2.

정의홍, 「정지용 시 연구에 대한 재평가」, 『대전대학논문집』 4, 1985.

_____, 「정지용 시 평가의 문제점」, 『시문학』 197 · 198, 1987. 12~
1988. 1.

_____, 「정지용론」, 『현대시』, 1990. 3.

정정덕, 「'정지용의 졸업논문' 번역」, 『우리 문학과 언어의 재조명』, 한
양대 국문학과, 1996. 7.

정종진, 「충북문학의 정신과 맥」, 『충북학』 6, 2004.

정한모, 「한국현대시 연구의 반성」, 『현대시』 1, 1984 여름호.

정현종, 「감각 · 이미지 · 언어 ─정지용의 '유리창 1'」, 『인문과학』
49, 연세대, 1983. 6.

조용만, 「이상시대, 젊은 예술가의 초상」, 『문학사상』, 1987. 4.

지은숙, 「정지용 생가를 찾아서」(취재), 『시사문단』 31, 2005. 11.

眞田博子, 「정지용 후기 산문시의 상징성과 사회성에 대한 고찰」,
『어문연구』 110, 2001. 6.

채상우, 「혼돈과 환멸 그리고 적요 ─김기림과 이상 · 정지용 읽기
의 한 맥락」, 『한국문학평론』 25, 2003 여름호.

최동호, 「개편되어야 할 『정지용전집』 ─미수록 작품과 잘못 수록된
작품을 중심으로」, 『문학사상』 360, 2002. 10.

_____, 「동아시아 자연시와 동서의 교차점 ─비분리의 시학을 위하
여」, 『인문과학연구』 20, 2000. 12.

_____, 「소묘된 풍경의 여백과 기운생동의 미학 ─권영민의 '지용
시 「비」 읽기'에 대한 비판」, 『어문연구』 50, 2006. 4.

_____, 「정지용 시어의 다양성과 통계적 특성 ─적확한 감정 표현
위해 모국어를 갈고 닦은 정지용의 성취 확인」, 『문학사상』
367, 2003. 5.

_____, 「정지용의 '금강산' 시편에 대하여」, 『동서문학』 247, 2002. 12.

_____, 「정지용의 '장수산'과 '백록담'」, 『경희어문학』 6, 1983.

_____, 「정지용의 산수시와 성정의 시학—중국과 한국의 산수화론 과 시적 미학」, 『시와시학』 46, 2002 여름호.

_____, 「정지용의 산수시와 은일의 정신」, 『민족문화연구』 19, 고대 민족문화연구소, 1986. 1.

_____, 「정지용의 산수시와 情·景의 시학」, 『작가세계』, 2000 가 을호.

_____, 「정지용의 시세계와 문학사적 의미」, 『문학마당』 15, 2006 여름호.

_____, 「한국 현대시와 산수시의 미학—중국과 한국의 산수화론과 지용의 시」, 『비교문학』 28, 2002. 2.

최두석, 「정지용의 시세계—유리창 이미지를 중심으로」, 『창작과 비평』, 1988 여름호.

최승호, 「정지용 자연시의 은유적 상상력」, 『한국시학연구』 1, 1988. 11.

최정례, 「정지용과 백석이 수용한 전통의 언어—시어 선택과 시적 태도를 중심으로」, 『어문논집』 48, 2003. 10.

최지현, 「정지용 시의 은유 구조—물 이미지의 형성과 상호텍스트 적 영향 관계를 중심으로」, 『호서문화논총』 15, 2001. 2.

최창록, 「지용시의 스타일 연구」, 『국어국문학연구』 11, 청구대, 1961.

최하림, 「30년대 시인들」, 『문예중앙』, 1983 봄·여름호.

최학출, 「정지용의 초기 자유시 형태와 형식적 가능성에 대하여」, 『울산어문논집』 15, 2001. 11.

호테이 토시히로,「정지용과 동인지 '街'에 대하여」,『관악어문연구』 21, 1996. 12.

鴻農映二,「정지용과 일본시단―일본에서 발굴한 시와 수필」,『현 대문학』, 1988. 9.

_____,「정지용의 생애와 문학」,『현대문학』, 1982. 7.

홍정선,「한용운과 정지용」,『황해문화』27, 2000. 6.

홍종선 외,「한국문학 특집―정지용편」,『동서문학』, 2001 봄호.

황금찬,「한국시의 이해―한국시의 이해와 그 발전을 그리다」,『해 동문학』52, 2005 겨울호.

황정산,「우리 시와 모더니티」,『작가연구』16, 2003. 10.

황종연,「문장파 문학과 정신사적 성격」,『동양어문논집』21, 1986.

_____,「정지용의 산문과 전통에의 지향」,『한국문학연구』10, 동 국대, 1987. 9.

황현산,「이 시를 어떻게 읽어야 할까 13―정지용의 「누뤼」와 「연 미복의 신사」」,『현대시학』373, 2000. 4.

_____,「정지용의 '향수'에 붙이는 사족」,『현대시학』, 1999. 11.

단행본

권영민,『정지용 시―126편 다시 읽기』, 민음사, 2004.

권정우,『정지용의『정지용 시집』을 읽는다』, 열림원, 2003.

김명옥,『한국 모더니즘 시인 연구』, 한국문화사, 2000.

김명인,『시어의 풍경―한국현대시사론』, 고려대학교출판부, 2000.

김문주,『형상과 정통―정지용과 조지훈의 시를 중심으로』, 월인, 2006.

김성장 엮음,『(선생님과 함께 읽는) 정지용』, 실천문학, 2001.

김신정,『정지용 문학의 현대성』, 소명출판, 2000.

_____ 엮음,『정지용의 문학세계 연구』, 깊은샘, 2001.

김용희,『정지용 시의 미학성』, 소명출판, 2004.

김은자,『정지용』, 새미, 1996.

김종태 엮음,『정지용 이해』, 태학사, 2002.

_____,『정지용 시의 공간과 죽음』, 월인, 2002.

_____,『한국현대시와 전통성』, 하늘연못, 2001.

김학동,『정지용 연구』, 민음사, 1987.

_____ 외,『정지용 연구』, 새문사, 1988.

_____ 엮음,『정지용』, 서강대학교출판부, 1995.

문덕수,『한국 모더니즘시 연구』, 시문학사, 1981.

민병기,『정지용』, 건국대학교출판부, 1996.

박노준,『현대시의 전통과 창조』, 열화당, 1998.

박덕규,『시인열전』, 청동거울, 2002.

박민영,『현대시의 상상력과 동일성―정지용·백석·윤동주·전봉
       건의 시』, 태학사, 2003.

사나다 히로코,『최초의 모더니스트, 정지용』, 역락, 2002.

신범순,『한국현대시의 퇴폐와 작은 주체』, 신구문화사, 1998.

손병희,『한국 현대시 연구』, 연구국학자료원, 2003.

양왕용,『정지용 시 연구』, 삼지원, 1988.

양혜경,『한국현대시이론』, 새문사, 2003.

오세영·최승호,『한국현대시이론』I, 새미, 2003.

오탁번,『한국현대시사의 대위적 구조』, 고려대학교출판부, 1988.

윤의섭,『시간의 수사학―정지용 시 연구』, 한국학술정보, 2006.

이 활,『정지용·김기림의 세계』, 명문당, 1991.

이기서,『한국 현대시의 구조와 심상』, 고려대학교 한국학연구소,

2003.

이석우, 『현대시의 아버지 정지용 평전』, 푸른사상, 2006.

이숭원 엮음, 『정지용』, 문학세계사, 1996.

＿＿＿, 『정지용 시의 심층적 탐구』, 태학사, 1999.

＿＿＿ 외, 『시의 아포리아를 넘어서』, 이룸, 2001.

이창민, 『양식과 심상―김춘수와 정지용 시의 동적 체계』, 월인, 2000.

이희중, 『현대시의 방법 연구』, 월인, 2001.

장도준, 『정지용 시 연구』, 태학사, 1994.

＿＿＿, 『한국 현대시의 화자와 시적 근대성』, 태학사, 2004.

정의홍, 『정지용의 시 연구』, 형설출판사, 1995.

진순애, 『현대시의 자연과 모더니티』, 새미, 2003.

최동호, 『하나의 도에 이르는 시학』, 고려대학교출판부, 1997.

최동호·맹문재 외, 『다시 읽는 정지용 시』, 월인, 2003.

최승호, 『21세기 문학의 동양시학적 모색』, 새미, 2001.

한국문학비평가협회 엮음, 『전환기 한국문학의 패러다임』, 푸른사
　　　상사, 2002.

한영옥, 『한국현대시의 의식탐구』, 새미, 1999.

KBS미디어, 『시대에 갇힌 천재시인, 정지용』(비디오 녹화자료), 2005.

최동호崔東鎬 1948년 경기도 수원에서 태어나 고려대학교 국어국문학과를 졸업하고 같은 학교 대학원을 수료했다. 와세다대학, UCLA 등의 방문교수를 역임했으며, 경남대·경희대 교수를 거쳐 현재 고려대학교 국어국문학과 교수로 재직 중이다. 시인이자 문학평론가로, 1976년 시집『황사바람』이 간행되었으며, 1979년『중앙일보』신춘문예에 평론 당선, 같은 해『현대문학』에 추천완료되었다. 시집에『아침책상』(1988),『딱따구리는 어디에 숨어 있는가』(1995),『공놀이 하는 달마』(2006) 등이, 시론집에『現代詩의 精神史』(1985),『불확정시대의 文學』(1987),『平定의 詩學을 위하여』(1991),『삶의 깊이와 시적 상상』(1995),『시 읽기의 즐거움』(1999),『디지털 문화와 생태시학』(2000),『진흙 천국의 시적 주술』(2006) 등이, 편저에『소설어사전』(공편, 1998),『정지용사전』(2003) 등이 있다.